博多豚骨拉麵團5

木崎ちあき

插畫/一色 箱

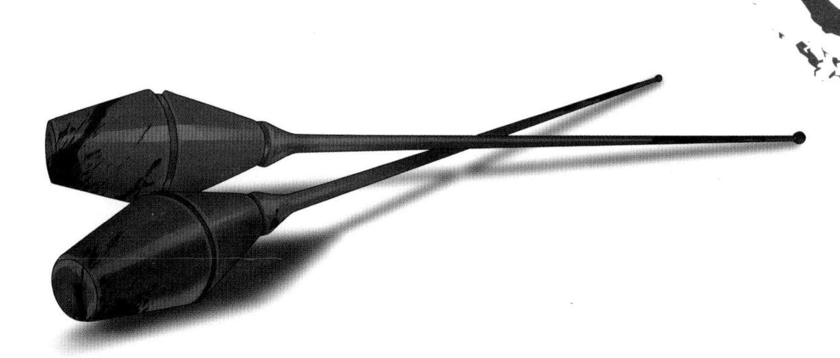

小丑麥加

Meke The Clown

殺人魔瘋狂小丑

打扮成小丑的殺人魔。
基於某種使命而不斷殺人，
特徵是在屍體臉上留下紅心記號的署名。

Meké

博多豚骨拉麵團

HAKATA TONKOTSU RAMENS

5

開球儀式

「有小丑。」

小男孩說道。他和母親、妹妹三人一起走到停車場，坐進自用車裡時，看見一個奇裝異服的男人。

雖然已經遠離祭典的喧囂，母親依然忙著照顧年幼的妹妹。她正在仔仔細細地擦拭妹妹被可麗餅弄髒的嘴角，連瞧也沒瞧小男孩一眼。

並不是只有今天才這樣。母親總是只顧妹妹，這讓小男孩心裡很不是滋味。他一臉無聊地從後座的車窗眺望外頭，發現有道紅影閃過視野邊緣。

紅色的帽子，花俏的服裝，抹白的臉龐，圓圓的鼻子——活像個小丑。

「媽咪~有小丑。」

他再度呼喚母親。

打扮成小丑的男人穿越停車場，消失在巷子裡，猶如被吸入黑暗中。

「小丑？」母親終於有反應，但視線依然朝著妹妹，正要用拍立得相機把妹妹吃可麗餅的模樣拍下來。

「妳看，在那裡。」

小男孩用右手指著窗外，左手握著回程母親買給他的蘋果糖。

母親瞥了窗外一眼。

「沒有啊。你是不是看錯啦？」母親聳了聳肩。

八成是故意說謊吸引自己的注意力吧。只是小孩的胡言亂語——她的話中帶有這層意味。

「明明就有。」

小男孩忿忿不平地說道，母親露出不耐煩的表情。

他沒有說謊，他確實看到小丑。

為什麼母親就是不明白？小男孩心中的不滿越來越強烈。

「是啊，畢竟是祭典嘛，或許也有小丑。」

大概是要登台表演的藝人吧。母親滿不在乎地回答。

小男孩更加不滿了。

這時，小他三歲的妹妹吵著要尿尿，一副快哭出來的表情。他們正要出發，因此連母親也不禁皺起眉頭說：「怎麼不早點講？」

「我們去一趟廁所。」母親下了車，叮嚀小男孩：「你在這裡等我們。」

母親抱起妹妹，離開小男孩身邊。

被獨自留在車裡的小男孩百般無聊。

那個紅衣人的身影突然閃過腦海。剛才的小丑不知道跑去哪裡？

純粹的好奇心驅使他採取行動，他拿著擱在後座的拍立得相機下了車。相機是熱衷於替妹妹拍照製作成長紀錄相簿的母親的，母親平時總是交代他「不要亂碰」，但現在他滿腦子只想著要用這台相機拍下小丑，把母親的叮嚀忘得一乾二淨。

只要拍下照片，母親就不得不承認小丑真的存在，自己並沒有說謊。

他的腳自然而然地往前移動，朝著紅影消失的方向前進。

那是一條行人稀少的小巷，前方有片小空地，空地上停了一輛黑色的車子。

小男孩停下腳步。

——找到了。

是小丑。

那個小丑就站在空地前，頭戴紅帽、身穿紅衣，在黑暗中被街燈照耀的模樣，猶如沐浴在舞台的聚光燈下。

——我要拍下來。

他立刻舉起相機，一隻眼窺探著取景窗。在小小的圓形視野中，小丑正在跳舞。仔細一看，小丑的雙手拿著某樣東西，是雜耍道具。小丑一面靈活地旋轉道具，一面高聲大笑。

除了小丑以外，空地上還有三個男人，全都面對著小丑。是觀眾嗎？

就在小男孩伺機按快門時，小丑突然動了，同時，男人們開始大呼小叫。

小丑對男人們發動了攻擊。

小丑的臉上依然帶著冷笑，用手中的鈍器逐一毆打對手，並朝四處逃竄的男人扔出亮晃晃的物體——是小刀。

小刀刺中男人們的腳筋，他們被絆住腳，倒在草叢上。

小丑面帶笑容，毆打那些動彈不得、蜷縮在地的男人。

即使是年幼的小男孩也明白發生了什麼事。

——小丑在殺人。

看在他的眼裡，那個小丑不像人類，倒像是某種來路不明的妖怪。

面對異常的光景，小男孩愣在原地，雙腳無法移動，渾身發抖，抖動的食指不慎按下快門。閃光燈亮起，刺眼的光芒照亮周圍。

小丑發現他了。頂著詭異妝容的白臉猛然轉過來凝視著他。

拍立得相機吐出剛剛拍下的照片。

「——嗨。」

這道聲音突然傳來。

小丑的白臉近在眼前。

小男孩嚇得縮起身子，相機掉落地面，發出碎裂聲。

「——你是誰？」

渾身是血的小丑彎下修長的身子，目不轉睛地凝視著他。必須逃走——小男孩如此暗想，轉過身子。

紅色的手臂從背後伸過來。

一局上

九月中旬，籠罩於酷熱殘暑中的福岡，逐漸邁入涼爽宜居的季節。不熱不冷的氣候，清澄的空氣，萬里無雲的秋天晴空拓展於頭頂上。

正是適合打棒球的好天氣。

今天是每週的例行練習日，豚骨拉麵團租借了市內的某座公共球場。最先抵達練習場的是馬場善治和林憲明這對二游搭檔。

「……搞什麼？」林環顧空蕩蕩的球場說道：「根本沒人嘛。」

「搶到頭香了。」

兩人把隨身物品放到休息區，稍微做了些運動，暖好肩膀之後，開始傳接球，在其他隊員到來之前消磨時間。

「他們未免太慢了吧。是不是沒有比賽就變得散漫了啊？」

「哎呀，別這麼說唄，說不定是遇上塞車了。」

片刻過後，穿著練習衣的隊員們陸續現身。中外野手榎田、投手齊藤和一壘手馬丁內斯。榎田和齊藤似乎是搭馬丁內斯的車子來的。

「咦？」榎田在休息區裡坐下問道：「只有你們？其他人呢？」

「還沒來。」

剩下的隊員是捕手重松、三壘手佐伯、外野手大和與次郎，還有教練源造。

「對了。」馬丁內斯插嘴說道：「次郎說他不能來。」

「哎呀？有工作麼？」

除了齊藤以外的所有豚骨拉麵團隊員都從事地下工作，不知道什麼時候會有委託上門。

「不是，明天是美紗紀的教學參觀日，她課堂上要用的作文還沒寫完。」

「作文？」

「嗯。」馬丁內斯點了點頭。「要寫一篇作文，題目是『將來的夢想』。」

將來的夢想

田中美紗紀

我的爸爸叫做次郎。我的爸爸是爸爸，也是媽媽，所以我都叫他「次郎」。次郎的工作是復仇專家，復仇專家是專門向人復仇，有時候會打壞人或殺壞人。次郎總是為了客戶努力工作，非常帥氣。我最喜歡次郎了，所以我也想和次郎一樣，成為了不起的復仇專家。我要打人、殺人，拯救眾多客戶的心。

「啊，美紗紀……」

讀完美紗紀終於寫好的作文後，次郎感動萬分地摀住眼睛，身體微微顫抖。接著，他親吻美紗紀的臉頰，發出刺耳的「啵」一聲。

「我好感動，怎麼會有這麼貼心的孩子？」次郎又「啵」一聲地親吻另一邊的臉頰，隨即收起笑容。「不過，這篇作文不行，根本不能用，要重寫。」

「咦～？」美紗紀在新買的書桌前嘟起嘴巴。

「別『咦～』了，當然不行啊。要是妳把這篇作文交給學校老師，兒童諮詢所的職員會找上門來，妳最喜歡的次郎就會被警察帶走了。」

「我好不容易才寫好的。」

美紗紀一臉不服氣。

「不然要怎麼寫才行？」

「這個嘛……」次郎一面撫摸山羊鬍，一面環顧美紗紀的房間。房間裡只有基本生活所需的家具，像商務飯店一樣簡樸。「比如想開花店，或是想開蛋糕店之類的。」

「我想當復仇專家。」

「不行。」

美紗紀反駁：「可是，我不想開花店或蛋糕店啊。」

「作文本來就是謊話連篇嘛。」

美紗紀興趣缺缺地喃喃說道：「哦……」

「不然就寫想當心上人的新娘，如何？」

次郎提議，但是美紗紀的反應並不熱烈。

「什麼跟什麼？好蠢。」

「很浪漫啊！美紗，妳在班上沒有喜歡的人，或是特別注意的人嗎？」

次郎提起這個關心已久的話題，美紗紀斬釘截鐵地回答「沒有」。

「小學生都是些小鬼頭，我沒興趣。」

她自己也是小學生、小鬼頭。

「哎呀，美紗，妳喜歡年紀比妳大的？」

「如果要交男朋友……」從她口中冒出來的是個令人意外的名字。「我要小善那樣的，既溫柔又帥氣。」

小善——是指馬場善治。美紗紀從以前就很黏他。

「那個男人不行。」

次郎忍不住認真起來。

「咦？為什麼？」

「那種類型的男人，一旦交往，鐵定會讓妳吃苦喔。」

「你怎麼知道？」

「因為我人生經驗豐富啊。我從二十歲就開始當人妖，這麼多年來可不是白混的。」離題了。次郎清了清喉嚨，拉回正題。「——欸，美紗紀，妳沒有想做的事情嗎？」

美紗紀沉默下來，似乎正在思索。

片刻過後——

「……我想打棒球。」

她喃喃說道。

「棒球？」

「我想加入少棒隊。」

美紗紀的表情相當認真。

的確，女孩子可以加入少棒隊。

「為什麼想打棒球？」

要學才藝，除了棒球以外還有許多選擇，比如鋼琴或芭蕾舞之類的。

「如果我會打棒球，就可以加入豚骨拉麵團啦。」

美紗紀說道。

✶

「……將來的夢想呀？」馬場一臉懷念地瞇起眼睛。「我以前想當職棒選手。」

「我也是。」馬丁內斯一面練習揮棒一面點頭。聽說他十幾歲的時候，曾就讀祖國多明尼加某所大聯盟球團創設的棒球學校。

「我也是。」齊藤跟著附和，他過去可是個高中球兒。

不知不覺間，話題從美紗紀的作文變成「自己小時候的夢想」。

「搞什麼，大家都想當棒球選手啊？」

我從前根本沒有夢想——林回顧往日。小時候，他能多活一天就是一天，根本無暇他顧。勉強說來，成為厲害的殺手養家，是他唯一的夢想。

「——呀，對了、對了。」

在休息區暢談片刻過後，馬場突然高聲說道：

「我有件事想拜託齊藤老弟。」

齊藤一面重綁釘鞋的鞋帶，一面抬起頭問：「什麼事？」

「你會投伸卡球麼？」

馬場把球扔給齊藤。

「伸卡球？」齊藤接住球，確認握法。「嗯，從前投過幾次，但是控球不太穩，後來就封印了。」

「我想打伸卡球，你能不能練練看？」

「當然可以。」球路越多，投球的變化就越多。齊藤一口答應。「我這就開始暖肩，誰要幫我接球？」

「馬丁大哥，你當捕手唄。」馬場把捕手手套遞給馬丁內斯。

「哦，好啊。」

代替重松擔任捕手的馬丁內斯穿上護具，蹲在本壘板後方，準備接齊藤的球。

齊藤投了幾十球暖肩以後，便用伸卡球的握法握住球，投了出去。目前變化幅度和控球都還不到家，仍需要多加練習。齊藤對準手套，不斷投球。

待軌道變得有模有樣以後，馬場站上左邊的打擊區。

見狀，馬丁內斯歪頭納悶。「……啊？你為什麼站左邊？」

馬場明明是右投右打，平時都是站在右邊的打擊區。

「我想改走左右開弓路線。」

馬場面露賊笑。

齊藤對著臨時捕手投出球，馬丁內斯輕輕鬆鬆地接住了。平時的搭檔是重松，不過換成馬丁內斯似乎也不成問題。

「這麼一提，重松也沒來。」林喃喃說道。

「重松大哥忙著查案。」身旁的榎田回答：「好像發生了殺人案。」

「……這是怎麼回事？」

頭。

重松鑽過周圍拉起的封鎖帶，踏進案發現場，見到眼前詭異的光景後，不禁皺起眉

眼前是根電線桿，上頭吊著一具男屍，而且不知何故，是呈現頭下腳上的狀態。男人的雙腳被繩子捆住，綁在電線桿的踏腳釘上倒吊起來。

幾公尺前的另一根電線桿上還有一具屍體，而在更前頭的電線桿上又有一具。屍體共計三具，全都是吊在電線桿上。

「重松大哥。」

「被害人有三人，兩個是乃萬組的流氓，另一個是藥頭。」

先到現場的後輩跑上前來，一面念出記在手冊裡的資訊，一面說明狀況。

接著，後輩又指著附近的空地。空地上停著一輛車。

「他們是在那片空地交易毒品的時候遭到攻擊，毒品全都被燒掉了。」

「是嗎？」

「這件案子應該和黑道有關吧？」

或許是和敵對的黑道組織起了糾紛。

「有這個可能……不過還不能確定。」

重松含糊其辭，仰望屍體，盤臂沉吟。

如果是黑道，必定知道該怎麼處理屍體，但凶手故意留下屍體，應該有其理由。

「……殺雞儆猴嗎？」

莫非這些屍體是給某人的訊息？

「死因呢？」

「要等驗屍過後才能確定。」後輩回答：「從外觀看來，出血很嚴重，不過頭部也有被毆傷的痕跡，不知道哪個傷口才是致命傷。」

拍完照片的兩個鑑識人員合力將屍體放下來。

重松看著橫躺在地的屍體臉部，察覺一件事。「屍體的臉上有汙痕。」

仔細一看，被害人的臉上沾了某種東西，似乎是血，但並非單純的失血血跡，而是人為的。被害人的臉上被人用血畫上愛心及星星等記號。

宛若小孩的塗鴉。

「……要說是黑道下的手，屍體未免太花俏了。」

倒吊的屍體，被塗鴉的臉龐——組織犯案這條線逐漸在重松心中淡去。

重松環顧現場，試著整理狀況。

被害人有三人，在交易毒品時遭受攻擊，車上的貨也被燒個精光。

凶手是誰？是從事地下工作的人？和他們有仇嗎？

目的是什麼？是人？還是毒品？

不，是人，殺害他們三人就是目的。若非如此，不會把屍體以這種狀態留在這裡。凶手殺死三個男人，並大費周章地把他們吊在電線桿上，讓他們呈現臉上被塗鴉且頭下腳上的滑稽模樣。

「這麼做到底有什麼用意……」

重松望著被殺的男人們，歪頭納悶。

但任憑他想破腦袋，還是想不出凶手如此處置屍體的用意。

一局下

那個小丑總是又笑又哭。

笑著刺人，哭著打人，告訴自己這就是自己的使命。

他並不具備以法律為準則的善惡判斷，只是沉浸於妄想的正義中。

『為您播報下一則新聞。』

小丑打開電視一看，正在報導那件案子。

『昨晚在福岡市內的路上發現三具男屍。由於被害人是乃萬組成員，警方正朝著組織犯案的方向進行調查。』

小丑坐在沙發上，反芻昨晚發生的事。毆打別人頭部時的觸感，在掌心栩栩如生地重現。

對了——他想起一件事，打開愛用的行李箱。這個長方形的大箱子裡除了雜耍道具以外，還有拋棄式手機，是從昨天殺掉的藥頭身上搶來的。

他立刻查看簡訊，但未得到關於其他組織或藥頭的情報，令人遺憾。

不過，他倒是發現別的情報。那個藥頭和市內的情報販子似乎有來往。

電視中的主播開始報導下一則新聞。

『附近居民發現女童的遺體被丟棄在垃圾場，警方以遺棄屍體的罪嫌逮捕了女童的無業父母。』

小丑倏地抬起頭來，猛然起身，雙手抓住電視機邊緣，目不轉睛地盯著畫面。

『遺體有被毆打過的傷痕，兩人供稱：「因為她不聽話才打她，看她一動也不動，一時驚慌，就把她扔掉了。」女童平時就遭受虐待——』

——虐待。

這個字眼讓小丑渾身發熱。

『虐待是會產生連鎖效應的。』

節目的評論員紛紛發表自己的見解。

『據說在父母的虐待之下長大成人的孩子當了父母以後，也會出現虐待孩子的傾向。』

「……連鎖？」

小丑喃喃說道。

「連鎖……」

就是這個。

「虐待，連鎖……」

——下一個目標已經決定。

小丑吹起口哨。他背對電視，右手握住營生工具的飛刀，集中精神，朝著牆上的靶子射去。

刀子不偏不倚地射中正中央。

黑色塊狀物體脫離右手，「唰」的一聲，筆直破風飛去，刺中人體模型標靶，而且正中事前瞄準的位置。自己的課題——控制力似乎已經精進許多。

北九州市小倉北區紺屋町，單軌電車旦過站旁邊的這條路上，有許多餐飲店林立，其中一隅的飛鏢酒吧「淑女．瑪丹娜」是猿渡俊助常去的店。乍看之下，那是一間年輕人聚集的普通酒吧，其實店主是暗殺委託的仲介，地下有禁止一般人進入的殺手專用樓層。

地下樓層的一角是射靶區，供客人對著三具人體模型測試自己的暗器手腕。

猿渡在這個地方不斷地投擲手裏劍。搭檔為他準備的四方手裏劍、八方手裏劍及苦無等約五十枚忍具，幾乎都被他丟完了。眼前的靶子上插著無數的黑色忍具。

「活像人體仙人掌。」

戴著眼鏡的男人瞥了從頭到腳長滿手裏劍的模型一眼，如此說道。

這個男人——新田巨也是殺手顧問，同時是猿渡生意上的搭檔。

「可憐的模型兄……」新田小心翼翼地拔下靶子上的手裏劍，裝模作樣地哀嘆：「居然被折磨成這副德行……」

「沒辦法，咱閒著沒事幹哪。」

沒錯，猿渡確實是閒著沒事幹。

在警方發動的掃黑行動下，北九州市內最大黑道集團的幹部逐一被捕，組織潰散瓦解。或許是受到這個影響，猿渡最近的工作量大幅減少。

「哎呀，最近天氣變得涼爽許多，秋天又有很多美食，大家大概都沒心情殺人吧？」

除了扔手裏劍以外，無事可做。不過，老用這個方法消磨時間，猿渡也膩了。

「快點想想辦法，你不是顧問嗎？」

猿渡大模大樣地坐在椅子上。

「把腳放在桌上太沒規矩了。」

新田輕輕打了猿渡的腳一下。

「囉唆。」猿渡喃喃說道，瞪著新田。「快給咱工作，什麼都行。」

「是誰嫌棄我介紹的工作，說『別拿這種無聊的工作來給咱』的？」

「不知道。」

猿渡輕聲啐道。真是個嘮嘮叨叨的四眼田雞。

「……咱想殺人，誰都行。」

某個殺手的臉龐無來由地浮現於腦海中。

「實在太閒了，乾脆去殺那個呆瓜臉好了。」

戴著紅色仁和加面具的殺手——去找那個男人打一場，或許可以稍微排遣無聊。

「仁和加武士兄應該沒有閒到可以陪你玩的地步。」

「……」

自己閒得發慌，他卻一點也不閒？真令人不爽。

「過一陣子就會進入繁忙期，現在先好好休息吧。好不好？」

猿渡沒有答腔。

「……真拿你沒辦法。」新田嘆一口氣，露出為難的笑容。這是他給的暗號被投手拒絕時常露出的表情。「我去福岡試試吧。」

二局上

小學校門附近擠滿接送小孩的母親，父親的身影雖非全無，卻是少之又少。即使處於人群中，次郎依然顯眼。

幸好穿西裝來了——次郎暗自鬆一口氣。如果他穿著奇裝異服前來，說不定會招來流言蜚語。為了避免其他父母把美紗紀的父親從事什麼行業當話題問東問西，他必須扮演「提早下班來接小孩的好爸爸」。

學童在家長的陪同下逐一離開學校，一旁有位面帶笑容揮手的女性，就是美紗紀的班導，次郎當然認得她。對方似乎也認得次郎，對上視線後，便對次郎點頭致意。「田中先生，您好。」

「老師好。」次郎也回以笑容。「對不起，這麼晚才來接小孩。」

「不，哪兒的話。謝謝您在工作中抽空來接小孩。」

昨天，有個男童在這附近失蹤，似乎是被誘拐了，犯人尚未落網。

因此，美紗紀就讀的小學下午臨時停課，教學參觀也中止。這陣子家長必須接送小孩上下學。

次郎打從剛才便找不到自己的女兒。

「……美紗紀現在在哪裡？」

「美紗紀在教室裡等著。我來帶路吧。」班導催促次郎。「我也正要回教室。」

太好了，她要帶路。學校就像一座複雜的迷宮，即使已經來過許多次，次郎還是會迷路。

兩人並肩走向校舍時，班導壓低聲音說道：

「老實說……我有事想和田中先生談談。」

這句話來得突然，次郎漫不經心地回答：「哦。」

班導一副難以啟齒的模樣，繼續說道：「美紗紀好像無法融入朋友的圈子。」

無法融入朋友的圈子——聽了這句話，次郎心下一驚。該不會……

次郎瞪大眼睛。「那孩子被人霸凌嗎？」

「不不不，不是的。她會和其他孩子聊天，並沒有被排擠在圈子外。」

次郎鬆一口氣。然而，班導的話還沒說完。

「只不過，她有時候會露出很冷漠的表情。就算在笑，眼神也顯得有點冷淡……」

關於這點，次郎心裡有數。

美紗紀不常笑，次郎從未見過她放聲大笑或捧腹大笑的模樣。她的表情變化不多，有時教人摸不清她的心思。

「雖然待在朋友的圈子裡，卻沒有發自內心的笑容……那種感覺不像是不擅長表達感情，比較像是在配合別人。」

休息時間，班上女生聚在一起嬉鬧的時候，美紗紀也在笑，但是笑容顯得有點虛偽。無法融入大家，便裝出融入的模樣，同時在心中嘲笑同學「蠢斃了」——女兒的這副模樣不難想像，次郎不禁垂頭喪氣。

「大概因為她是被我一個男人扶養大的，不擅長和同性的孩子相處。真是太慚愧了。」這是個牽強的藉口，但次郎只能這麼回答。

聊著聊著，他們抵達教室。往裡頭一看，只見美紗紀專心坐在桌子前，桌上是攤開的筆記本和習題，似乎正在做今天的作業。

「田中同學，爸爸來接妳囉。」

班導呼喚後，美紗紀抬起頭，一看見次郎，平時的冷淡表情似乎在一瞬間緩和了。

「抱歉，讓妳久等，美紗紀。」

次郎對著把東西塞進書包裡的美紗紀微微一笑。他把右手放在奔上前來的美紗紀頭上。「好，回家吧。」

美紗紀點了點頭。

「那我們這就失陪了，老師。」

次郎低頭致意。

「老師，再見。」

美紗紀也同樣開口道別。

「——欸，美紗。」

離開學校後，次郎呼喚走在身旁的小女孩。

「什麼事？」

「……上學開心嗎？」

班導的話令他耿耿於懷。

美紗紀不發一語。我不該問這種蠢問題的——次郎暗自後悔。怎麼可能開心呢？

沉默片刻後，美紗紀開口問：「如果我說不開心，就可以不去上學嗎？」

「倒也不是……」

次郎再度後悔。果然不該問這個問題的。

「我懂。」美紗紀回答，依然面向前方。「雖然很無聊，可是我並不討厭上學。我和周圍的孩子也處得很好，你別擔心。」

處得很好，你別擔心——這根本不像是小學生說的話。

「先別說這個了。次郎。」

「什麼事？」

「你為什麼穿西裝？」美紗紀瞥了次郎一眼，嘟起嘴巴。「穿得像平常那樣就好了啊。」她似乎不太高興。

「偶爾這樣穿也不錯嘛。不好看嗎？」

次郎詢問，美紗紀搖了搖頭。次郎明白她的言下之意，但只能這樣顧左右而言他。

「次郎，你來學校的時候每次都穿西裝，說話也是用男人的語氣。」

美紗紀不喜歡他扮演「普通的父親」。

「因為我不希望別人說『妳的爸爸是人妖』而欺負妳啊。」

「我更不希望你勉強自己。」

「我沒有勉強自己。」

「你有。」

美紗紀一反常態，用強硬的口吻反駁。

「次郎，你每次都為了我勉強自己。」美紗紀的表情黯淡下來，垂下視線。「那時候也是把菸——」

說到這兒，美紗紀閉上嘴巴。

也是把菸——次郎知道她想說什麼。

次郎什麼也沒說。讓她繼續說下去，只會喚醒她悲痛的記憶。

因此，次郎選擇提出一個甜美的主意。

「我們買個蛋糕回家吃吧！」

馬場偵探事務所沒有客人上門，馬場一如平時地享受自由時間。他打著赤膊，站在穿衣鏡前練習揮棒，似乎在確認自己的打擊姿勢。

林瞥了這樣的馬場一眼，折疊剛洗好的練習衣。當他拿起藏青色的緊身衣時，想起了上次練球時的事。

「對了。」

他向仍在練習揮棒的馬場攀談。

「唔？」馬場回過頭來。

「你是哪根筋不對勁？」

「啥？」

「我在說你換邊打擊的事。你是右打吧？為什麼突然開始練習左打？」

不光是如此，馬場還對齊藤提出古怪的要求。

「還說什麼『想打伸卡球』。」

面對林的問題，馬場搔了搔臉頰。

「……沒啥啦。」

馬場喃喃回答。

他在隱瞞什麼？林瞪著馬場。

馬場並未理會林，再度開始練習揮棒。他最近似乎為了身體角度太開而煩惱，正在仔細修正姿勢。只要牽扯到棒球，這個男人一向非常認真。

「看來你以前是真的想當棒球選手。」

「是呀。」馬場面露苦笑。「這是我最嚮往的職業。」

這是所有棒球少年懷抱的夢想，不過，對於馬場而言，似乎不只是夢想。

「從前我可認真了，不但從小學就加入俱樂部球隊，高中也加入棒球隊。我那時候還想，就算選秀時沒被職業球團選上，也可以加入獨立聯盟或業餘球隊磨練球技，只要有一天能成為職棒選手就好。」

「哦？」馬場難得提起往事，引發林的好奇心。「以進軍職棒為目標的高中球兒後來怎麼會變成殺手？」

馬場微微地笑了。

「是呀。」他歪了歪頭，含糊地回答：「為啥呢？」

聽他的語氣，不像是在打哈哈，倒像是連他自己也不明白為什麼。

「我們去吃拉麵唄。」馬場穿上上衣，如此提議。晚餐時間快到了。

他們的目的地是平時常去的攤車。

這麼一提……次郎試著回想。

美紗紀從來不曾提起朋友的事。他既沒聽過「今天和某某人一起玩」、「我要去某某人家玩」這類小學生常有的報告，也沒看過美紗紀帶班上朋友回家。雖然他早已隱約察覺美紗紀沒有特定深交的同學，但如今看來，事態似乎比他想像的還要嚴重。

次郎回憶自己的小學時代，盡是快樂的回憶。無拘無束、自由自在，下課時間都在操場上打球。

相較之下，現在的美紗紀似乎只是淡然接受義務教育而已。

「……養孩子真難。」

次郎喝了口放在眼前的啤酒，嘆一口氣。這已經是第三杯了。

美紗紀就寢以後，次郎來到源造的攤車，打算一面安靜地喝酒，一面吐苦水。就在這時候，馬丁內斯和榎田，甚至連馬場和林憲明都來了，現場立刻變得熱鬧起來。

「怎麼了？次郎，瞧你死氣沉沉的。」源造探出身子，替他添啤酒。

坐在身旁的馬場也湊過臉來。「如果有啥煩惱，可以跟我們說呀。」

次郎嘆一口氣，娓娓道來：「今天我去了美紗紀的學校。」

「哦，就是上次說的教學參觀？」

「不是，教學參觀取消了。之前不是有小孩被拐走的案子嗎？犯人還沒抓到，很危險，所以校方希望這陣子家長都可以親自接送小孩。」

「在美國，家長接送好像是理所當然的事。」榎田插嘴說道：「有些州甚至會依據梅根法公布性侵犯的個人資料，戀童癖在監獄裡往往被整得死去活來，而且被其他受刑人瞧不起。」

「戀童混球惹人厭是正常的。」馬丁內斯點頭說道。

「大概只有日本會放心讓小孩落單吧。」

的確。次郎點了點頭，又把話題拉回來。「所以，我去接美紗紀。當時班導跟我說美紗紀無法融入周圍，有時候會露出很冷漠的表情。」

美紗紀身世坎坷，被繼父虐待，又被生母拋棄。

聽說受虐的小孩有時候會露出冰冷的眼神。被本該保護自己的人攻擊、一再遭受背叛，使他們的感情凍結了。次郎也明白，美紗紀不時露出的冷漠表情，是受過虐待的小孩的特徵。

不過，最近他開始懷疑這並非唯一的原因。

美紗紀曾經幫他做過幾次地下工作，有件事他至今仍然記得一清二楚。

「之前我接了一個委託，要替某個被殺的男人報仇，美紗紀說她要幫忙。起初我是反對的，可是她很堅持地說：『要是對手不只一個人，你會有危險。有小孩在，或許對方就會放鬆戒心。』當時的計畫是由她裝成天真無邪的小孩接近對方，施打肌肉鬆弛劑。」

「哦。」馬丁內斯也想起來了，點了點頭。「就是那時候嘛。結果很成功啊。」

「是啊……那孩子面不改色地完成了。」

美紗紀照著計畫進行，既不害怕，也沒緊張得發抖，一派冷靜且泰然自若。

這讓次郎萌生一股危機感。

「……我好害怕。」次郎的視線垂落手邊。「怕自己會把美紗紀養成可怕的怪物。」

這樣一點也不正常，自己的教養方式顯然有問題。

「所以我極力避免在美紗紀面前提起工作上的話題，也不讓她跟我去進行危險的委託。」

「這是明智的做法。」林開口說道：「幼時學到的東西，就算長大也很難忘記。」

「……嗯，是啊。」

「如果從小就被教導如何犯罪，對於犯罪就會失去排斥感和罪惡感。」

林是在殺手培育設施長大的。擁有親身經歷的他所說的這番話，刺得次郎胸口發疼。

的確，林是靠著殺人維生的。雖然他現在成為豚骨拉麵團的一員，和大家一起打球，但起初他非常自以為是，不遵守規則與暗號，一意孤行，完全不懂得替人著想。

「我知道你很疼她，不過再這樣下去可就糟了。如果你希望她變成一個正常的孩子，就別讓她接觸犯罪。」林一面吃拉麵，一面說道。

林變了。從旁看來，更能深刻體認到他的改變。現在他會積極參與練球，就連源造也抱怨林最近會開始挑選工作。環境的變化改變了林，與旁人的交流替他植入人性。

「馬場，你教教我訣竅嘛。」次郎用手肘頂了頂在旁喝啤酒的男人。

「訣竅？」

「養孩子的訣竅。」

「啊？你有孩子？」林瞪大眼睛。「私生子啊？」

「咦？沒有呀。」

「這裡不就有個大孩子嗎？」次郎瞥了林一眼，詢問馬場：「你是怎麼把他養成這麼乖的孩子？」

「不，我又不是他養大的。」林皺起眉頭。

這會兒換成榎田開口：「只要灌注正常的愛，小孩就會健全成長。不被愛的孩子和承受扭曲的愛或過度壓力的孩子，往往會產生偏差。」

「哦，這是經驗談嗎？很有說服力。」馬丁內斯調侃道。

「我也覺得再這樣下去就糟了。」榎田瞪了黝黑的大漢一眼，繼續說道：「只要次郎大哥在身邊，美紗紀會有樣學樣。復仇是天經地義，為了達到這個目的，犯罪也是無可奈何——美紗紀會這麼想。再這樣下去，將來她過的就是我們這種人生。」

和自己一起生活，對她果然沒有好處嗎？

「……你覺得我該怎麼辦？」

「如果你想把她培養成復仇專家的接班人，維持現狀就行。不過，如果你希望她變成普通的孩子，必須讓她回歸普通的生活。」榎田說道：「小孩成長的速度快得嚇人，放手要趁早。」

「尊重她本人的意願不就行了？」馬丁內斯說。

林反駁馬丁內斯的說法。「要是問她，她鐵定說要和次郎在一起啊。」

「給她其他選項如何？比如讓她回母親身邊，或是替她找新的父母。」

「母親不行。」發生那件事之後，美紗紀和生母從未聯絡過。當時，她的母親肚子裡懷了其他男人的孩子，現在大概已經建立新家庭，展開新的人生。

「那就找人收養。聽說現在有的業者可以立刻代為安排。」

「或是次郎金盆洗手，別幹這一行了。」

源造這麼說，令次郎啞口無言。

——金盆洗手。

為了美紗紀著想，這是最好的一條路。

可是，次郎不能放棄復仇專家的工作。

次郎從事這一行的原因是情人之死。向殺了情人的男人報仇，就是他身為復仇專家的原點。

情人受盡痛苦而死，自己卻無能為力。次郎不停地怨懟自己、憎恨自己。或許這麼做只是一廂情願，不過那一天，次郎對自己施予懲罰——以復仇專家的身分活下去。現在才要回歸普通的生活嗎？只有自己一個人過著幸福快樂的日子？他做不到。這樣要他拿什麼臉面對死去的情人？

「幹復仇專家這一行容易結怨，說不定美紗紀會被你的工作牽連，受到傷害。沒人能夠保證今後不會有人去找復仇專家的麻煩。」

源造說得有理。

萬一自己的工作害美紗紀出事，他一定會後悔莫及，就像失去情人時一樣。

然而，只要繼續和美紗紀一起生活，就擺脫不了危險。對復仇專家懷恨在心的人說不定會跳過他，拿美紗紀開刀。

「你要多加小心，別成了被復仇的復仇專家。」

——被復仇的復仇專家。

源造的忠告在耳邊縈繞不去。

或許將來的某一天，矛頭會指向自己，因為復仇往往會產生連鎖效應。

二局下

和對方約定的地點是博多某間寧靜、不供酒的咖啡廳。三条向櫃檯裡的中年店長點完餐後，在店內深處的桌位坐下來。

他一面把簡餐和咖啡送入口中，一面瀏覽攤開的早報，映入眼簾的是「小三兒童行蹤不明」等文字。昨天參加完祭典回家的路上，母親帶著小女兒去上廁所，回到車上一看，待在車裡的男童竟然消失無蹤了。男童似乎是在自行下車以後被某人誘拐的。報上也刊登了專家的看法。犯人可能是三十幾歲到四十幾歲的男性，沒有配偶和小孩，獨居或與父母同住，曾經犯過向孩童搭訕或誘拐未遂等足可視為前兆的輕罪。見了犯罪心理學家側寫的犯人形象，三条的嘴角不由自主地上揚了。小孩被誘拐時，被懷疑的永遠是性變態者。生性只愛小孩、只對小孩產生性慾的人——警察必定會清查這類人過去的犯罪紀錄。

在他朝著桌上的熱咖啡伸出手時——

「你看報的模樣就像個普通的上班族。」

突然有人攀談。

他從報紙中抬起臉來，只見有個男人站在眼前。個子矮小，肚子外凸，雖然穿著西裝，但外頭披的並不是夾克，而是工作服，胸口刺著「山崎運輸（股）」字樣。男人名叫山崎邦夫，是運輸公司的老闆，同時是三条的生意夥伴。他的公司是重要的運輸管道，多虧山崎邦夫，三条的生意才得以成立。

「我最近正在煩惱這件事。」三条折起報紙，回以笑容。「看起來不夠威嚴，常被瞧不起。」

「不，這不是壞事。這年頭光靠長相凶惡，是管不了底下人的。黑道的世界應該也一樣吧？」山崎邦夫在對面的座位坐下。「抱歉，突然把你叫出來。」

「不會。」

看起來活像普通上班族的三条一派斯文，卻能穩坐牟田川組少頭目的位子，其實這副外貌也幫了不少忙。他容易獲取別人的信任。能夠獲得各種經營者的協助，賺起錢來自然容易許多。

山崎運輸的老闆也是三条的協助者之一。對於從事毒品及軍火走私的牟田川組而言，取得運輸管道是首要之務。多虧山崎運輸，從外國進口的貨品得以安全迅速地送達全國各地的客戶手上。

邦夫瞥了放在桌邊的報紙一眼。見到「行蹤不明」四字，他微微地皺起眉頭。

「我的孫子也是到現在都還沒找到。」

他的孫子山崎翔太在去年十月忽然消失無蹤。

「真令人難過。您的孫子是高中生吧？」

「對。」邦夫點頭。「『我離家出走了，請別找我。』——只找到寫了這段文字的字條。因為那確實是翔太的字跡，所以警察根本不當一回事。離家出走的高中生多的是，警察沒功夫一個一個找。」

據說在這個國家，每年有十幾萬人失蹤。

「……是啊，真遺憾。」

離家出走是家務事。如果沒有疑點或是發現屍體等犯罪性，警方是不會受理的。

「不過，我女兒不相信。」

他口中的女兒指的是翔太的母親——山崎美榮子。

「她到現在還是堅稱翔太不是會離家出走的孩子，說他從來不曾惹出任何麻煩，是個乖孩子。」

「做母親的這麼想正常。」她的心情不難理解。

「美榮子委託偵探調查翔太的行蹤，花了十個月，還是沒有線索。她快瘋了，現在動不動就發脾氣，菸酒也用得越來越凶。」

聽說美榮子相當溺愛兒子，想必是靠著手邊的嗜好品來分散喪失感和壓力。

「三条老弟。」邦夫把視線轉向三条。「你有孩子嗎？」

三条搖了搖頭。「沒有。」

三条未婚、沒有孩子，雙親也都已經去世，身邊沒有半個家人，只有住在外地的同母異父兄弟。雖然身上流的血液有一半是不同的，但弟弟長得和自己出奇相像。只不過，相像的只有面貌而已。弟弟是個和地下生意無緣、腳踏實地的男人，鮮少和他聯絡。

雖然有時候會想找個人作伴，但他並不急著結婚。

「不過，我明白這種心情。」

「嗯。翔太是她接受不孕症治療之後好不容易才懷上的孩子。」

與入贅的丈夫千盼萬盼才盼來的長男，竟然被奪走了。突然降臨於富裕幸福家庭的悲劇，在母親心中留下深刻的傷痕，至今仍未痊癒。

為何把自己叫出來？面對遲遲不切入正題的邦夫，三条原本有些焦慮，直到現在才察覺這就是正題。

「您要交代的事，莫非就是……」

「對。」邦夫點了點頭。「我想拜託你們調查我孫子的事。」

「……我很想幫忙。」三条搖了搖頭。「不過，我們是黑道，不是找人的專家。」

偵探花了十個月依然毫無線索，專門走私的黑道豈找得到人？

只見邦夫面露苦笑。「我不是要你找我的孫子。那孩子八成已經死了。」

他的口氣如此乾脆，讓三条萌生一股寒意。

「死了？為什麼──」

為什麼如此肯定？

「翔太沒有我們想像的那麼乖巧。就是這麼回事。」

邦夫聳了聳肩，遞出一張照片。

照片中是一個穿著學生服、看似高中生的少年，渾身是血地坐在椅子上。

「……這是……」

「翔太。」

「啥──」

三条啞然無語。

邦夫無視他的反應，淡然地繼續說道：

「那孩子好像闖了什麼禍，八成是被地下行業的人殺掉了吧……地下世界的事還是拜託檯面下的人去辦最快。」

三条總算明白他的用意。「原來是這麼回事。」

「我希望你幫我查出是誰殺死我的孫子，不問手段，死多少人都不要緊。我會開出讓你滿意的金額。只要能夠撫慰我的女兒，錢不是問題。」

三条點頭。「明白了，我會立刻派部下調查。」

談完正題以後，邦夫改變話題。「對了，新事業進展得如何？還順利嗎？」

「是。」三条面露微笑。「現在以石原為中心運作，這個星期應該就能把約好的貨交給您。」

新事業——指的是出口某樣貨品。過去牟田川組主要是從外國進口貨品，這次則是實驗性地將貨品走私到海外。如果成功，就能正式開拓通路，可說是十分重要的生意。由於這次走私的貨品比以往的風險更高，邦夫似乎也相當關心進展。

三条不經意地抬起視線。店裡的電視正在播放地方新聞，中年主播神色凝重地念稿：『昨晚，一名小學三年級的兒童失蹤——』

兒童失蹤。是剛剛在報上看到的事件。

「在這個國家，一個小孩失蹤就會鬧得沸沸揚揚。」

邦夫瞥了電視一眼，喃喃自語。

所以你要注意，別引起騷動——他應該是在如此忠告三条吧。

『下一則新聞。昨晚在福岡市內的路上發現三具男屍。由於被殺害的是乃萬組的成員，警方正朝著黑道火拼的方向進行調查。』

乃萬組是和三条所屬的牟田川組敵對的組織，由於走私的貨品相同，雙方曾發生過好幾次糾紛。

「是你們做的嗎？」邦夫瞇起眼睛。

「不是。」三条否認。他沒有說謊，真的不是他們做的。「我們什麼也沒做。」

是誰做的？三条凝視著畫面，歪頭納悶。

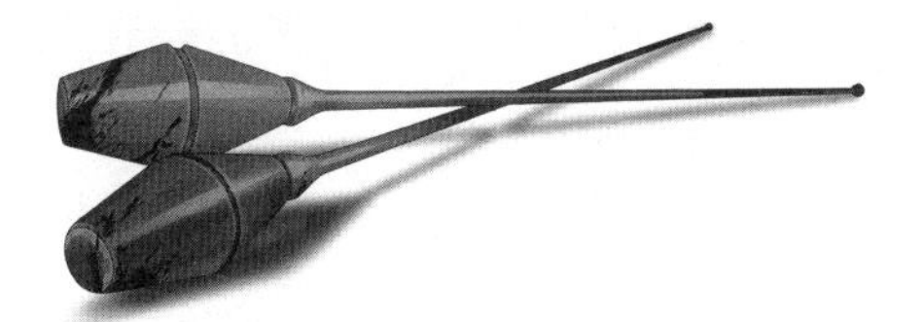

三局上

那天中午，林和馬場拿著愛用的手套，在事務所附近的公園裡活動身體。

自從榎田的案子解決以後，已經有好幾天沒有殺手的工作，也沒有偵探事務所的委託，日子過得和平又安穩。老是窩在家裡，身體會生鏽，所以他們不時像這樣玩玩傳接球，消磨時間。

做完簡單的熱身操以後，林拉開距離，把球投給馬場，好讓肩膀慢慢地適應。球進了馬場的手套，皮革反彈的清脆聲音隨之響起。

公園旁有幾個小學生正在玩邊鞦韆，嬉鬧聲傳了過來。他們的年紀看起來和美紗紀差不多。

這麼一提……林想起來了。

「那傢伙打算怎麼辦？」

馬場一面往前跨步，一面詢問：「那傢伙？」

林接住飛來的球，換到右手，邊朝馬場的手套丟去邊回答：「次郎啦。次郎。」

林回想昨晚次郎在攤車所說的一番話。他看起來相當煩惱。要送走美紗紀？金盆洗手？或是維持現狀，把美紗紀培育成復仇專家的接班人？不知道他找出答案了沒有。

「欸，換作是你，你會怎麼做？」林突然想問。「美紗紀的事。」

「唔……」馬場沉吟著回傳球。「大概會找人收養她唄。要是出事就糟了。」

「是啊。」林也持相同意見。「是該這麼做。」

如果次郎無意金盆洗手，只好送走美紗紀。

「哎，剩下的事只能由他們自己決定。這是他們的家務事，外人不該插嘴。」

聽了馬場這句話，林倏地停下動作。他握著球，凝視對手。

「其實他們也是外人啊。」馬場說這是家務事，但次郎和美紗紀並不是親人。「他們又沒有血緣關係。」

「就算沒有血緣關係，還是一家人呀。」

「住在一起就算一家人嗎？」林歪頭納悶。「那我和你也算一家人囉？」

「你不贊同？」

「……不怎麼贊同。」林聳了聳肩。光是這樣，應該算不上是一家人吧。

對林而言，母親和妹妹才是他的家人。

不過，只有一次，林曾把她們以外的人當成家人看待。

那個人就是緋狼。

在封閉的設施裡和緋狼一起生活，讓他以為可以和緋狼成為真正的一家人。

然而，這個心願並未實現。後來，緋狼與他分道揚鑣。殺死緋狼的那一天，林領悟到自己再也無法擁有家人了。

有血緣關係，才能扛起責任。就拿林來說，正是為了母親和妹妹——為了有血緣關係的家人，他才會犧牲自己，才會做出不惜犯罪的覺悟。

換成沒有血緣關係的家人，林不確定自己是否會做出同樣的選擇。到頭來，彼此終究只是毫無關係的外人，或許林不會產生賭命保護的念頭。

血緣關係的力量就是如此強大。

「美紗紀用不著為了沒有血緣關係的父親變成犯罪者，相反地，次郎也用不著為了沒有血緣關係的女兒改變生活方式——我是這麼想的。」

送走美紗紀，各自步向不同的人生，這麼做對彼此都好。

「要割捨沒這麼容易。」馬場露出困擾的笑容。「畢竟是一家人。」

自己剛才不是說過他們不算一家人嗎？林皺起眉頭。有時候他真的無法理解馬場所說的話。

林和馬場結束傳接球，返回事務所。當他們走上三樓時看見一道人影。有個女人站在門前。

「來我們事務所有什麼事嗎？」

馬場出聲招呼，女人僵硬地點了點頭。

似乎是委託人。

那個女人自稱藍川真理，年紀大約三十出頭，長得很不起眼，一副倒楣樣。

「我的女兒不見了。」藍川真理用平靜的聲音娓娓道來。「就讀小學三年級，名字叫做玲奈。我有兩個女兒，她是大女兒。」

她說她的女兒藍川玲奈昨天說要去同學家玩，之後便不見蹤影。

「我希望你們替我查出女兒的下落。」這就是她的委託。

「警察怎麼說？」

馬場詢問，委託人垂下頭。「我還沒報警……」

「為什麼不報警？」坐在一旁的林用焦躁的聲音說道：「應該先去報警吧！自己的小孩不見了耶！」

「說不定出事了。」馬場制止林，柔聲勸道：「最近福岡才剛發生小孩被誘拐的事件，或許玲奈小妹妹也——」

「……老實說……」藍川真理戰戰兢兢地開口：「我接到綁匪的電話說：『我綁架了妳的女兒，如果妳報警，我就殺了她。』」

馬場與林面面相覷。

敘述完事情始末並辦好必要手續之後，委託人便離開事務所。林從窗戶望著她離去的背影，喃喃說道：「……好像怪怪的？」

「確實怪怪的。」

「鐵定有問題吧？」

「鐵定有問題。」

這個委託很古怪。

「目的是贖金？不可能。如果我是綁匪，會找看起來更有錢的小孩。」

林說得沒錯，藍川真理確實不太對勁。

「八成是假的，其實綁匪根本沒打電話來。」

「那個女人果然在說謊。」

這位母親的言行有諸多啟人疑竇之處。綁匪已經與她接觸，但她似乎不怎麼在意女兒和綁匪，對於談判也顯得毫不積極。

換句話說，打電話來的綁匪根本不存在——馬場打從一開始便看出這點。

「她起先明明是說『女兒不見了』，後來又說是『被綁架了』，對唄？」

「嗯。」林回憶她的說詞，點頭同意。「如果真的有電話打來，她一開始就該說『女兒被綁架了』。」

想知道女兒的下落，又不想被警方知道，所以才委託偵探找人——這個推測應該是八九不離十吧。

「她大概有啥不想報警的理由唄。」

小孩失蹤，被害人本人和家人都會遭到徹底調查，平時的生活狀況與人際關係也會被警察打破砂鍋問到底，而藍川真理不願讓事態演變成這種狀況。

「該不會……」林喃喃說道：「那個女人是我們這邊的人吧？」

這也是一種可能性。如果她從事地下行業，當然會避免與警察扯上關係。

福岡市內剛發生兒童誘拐案，還讓年幼的女兒獨自外出，這種不負責任的行為也讓人覺得事有蹊蹺。

她似乎在隱瞞什麼。

「總之，先調查玲奈小妹妹的下落唄。」

馬場一聲令下，林也從椅子上站起來，兩人一同離開事務所，前去找他們的情報販子。

網路的新聞網站上刊登了中國的人口販子被捕的報導。據說在中國，一年有二十萬名孩童失蹤，大多是被賣到人手不足的農村，但這不是唯一的目的。

「……人口販子啊？」榎田在常去的咖啡廳裡一面喝咖啡，一面自言自語。

這些被逮捕的人，應該只是冰山一角吧。

亞洲的人蛇集團十分複雜。由多個犯罪組織建構而成的龐大網絡，貨品的年齡層從小孩至大人，一應俱全。出貨地點有時同樣在國內，有時則在地球另一端。

人類有許多用途。有的被當作勞動力，像奴隸一樣工作；有的被迫賣淫；更殘酷的情況是，身體各個部位都分開來零售。也有像林憲明那樣被賣到地下組織，培育成殺人兵器的例子。

小孩這種生物總是毫無防備——自願被囚的林例外——容易被犯罪者盯上。

榎田關掉新聞網站，打開收件匣。他收到一封委託郵件，是某個藥頭常客，內容是「我要虐童父母的情報，名字和住址，越多越好」。

榎田閱讀郵件後，不禁歪頭納悶。販毒的藥頭調查虐童案做什麼？著實令人費解。不過，正因為令人費解，所以才有意思。

入侵兒童諮詢所的職員電腦竊取調查報告書，可說是易如反掌。榎田立刻開始入侵，卻突然感覺有人靠近。他把視線從電腦上抬起來，只見眼前有兩張熟面孔正俯視自己。是馬場和林。

「……搞什麼，原來是你們啊。」

「嗨，蘑菇頭。」林舉起一隻手打招呼。

「你們兩個怎麼一起跑來了？」

馬場往榎田身旁，林則是往對側的椅子坐下。

馬場立刻帶入正題。「榎田老弟，有件事我想拜託你調查一下。」

榎田暫且放下虐童案的委託，轉向他們。「什麼事？」

「我們事務所接到一件委託。」

「要我們找小孩。」

「又有小孩失蹤？」最近福岡市內才剛發生男童失蹤案。榎田聳了聳肩。「簡直跟中國一樣。」

那個孩子的父母現在大概在拚命尋找孩子的下落吧。人往往到了自己的孩子受害時，才明白世界上處處潛藏著危險。父母總是在孩子出事以後，才後悔自己為何讓孩子落單。

不過，就算後悔，也來不及了。

「是什麼時候失蹤的？」

「好像是昨天下午三點左右。」

現在的時間已經過了下午三點。

「看來是凶多吉少，真可憐。」誘拐經過二十四小時，生還率就會大幅降低，這是眾所皆知的說法。「那個孩子叫什麼名字？」

「藍川玲奈。」

榎田操作電腦，偷看個資。

「藍川玲奈——母親是藍川真理，她三年前再婚，有兩個女兒，長女叫玲奈，次女叫愛理住。玲奈是再婚對象和前妻生的孩子，與藍川真理沒有血緣關係。」

「她說要去朋友家玩，之後再也沒有回家，也沒去朋友家。這是她家和那個朋友住的公寓地址。」馬場遞了一張紙條給榎田。「你能追蹤她的行蹤麼？」

「我試試。」

榎田連結紙條上寫的兩個住址，確認路線周邊的監視器。他查看女童失蹤時段的監視器影像，發現疑似該女童的身影，指著畫面說道：

「你們看，就在這裡。紅綠燈的監視器有拍到她，但她進公園以後就消失了。」

藍川玲奈走進公園以後，便無從追蹤。所有監視器都沒有拍到她。

「這一帶是住宅區，治安也不錯，所以監視器不多。」

公園前方就是朋友住的公寓，她大概是在抵達公寓前，就在公園周邊被拐走，遭人帶往監視器拍不到的地方。

「公寓的監視器呢？」

「好像沒有監視器。那是一棟老建築，沒什麼安全措施。」

「和前陣子的男童失蹤案會不會是同一個犯人？」

女孩的失蹤地點和前陣子的案發現場相距不遠，而且被害人都是小學生，極有可能是同一個犯人下的手。

「有這個可能。」

如果小孩是在這一帶被誘拐的，或許附近居民曾看見可疑人物徘徊。

「總之，先在公園附近打聽消息唄。」
馬場如此提議，林點頭贊同，並對榎田說道：「你替我們調查一下這個母親。」
「母親？藍川真理嗎？」
「對。這個女人好像在隱瞞什麼。」
聞言，榎田面露賊笑。「ＯＫ。」
聽到「隱瞞」二字就想查個清楚，是人之常情啊。

藍川玲奈原本要去玩的朋友家公寓前方，便是那座公園。
林下了車，環顧四周。公園周圍是看似與犯罪無緣的住宅區，可看見正在放學途中的小學生身影。正如榎田所言，治安看起來不差。
「很難想像在這種和平的地方居然會發生兒童誘拐案。」
「犯罪到處都有。」馬場聳了聳肩。
林在心中竊笑，這不是殺手該說的話吧。
「現在該怎麼辦？分頭打聽消息嗎？」

「不，今天就一起打聽唄。這個時段待在家裡的大多是家庭主婦。」陌生男人突然上門，會引起對方的戒心，如果有穿女裝的林陪同，應該比較容易打聽消息。

兩人先從公寓住戶著手。他們查看集合式信箱，從一〇一號室到七〇八號室，共有五十六戶，光想就開始發昏了。

他們按下第一戶人家的門鈴，果然如事前所料，是個看似家庭主婦的中年女性出來應門。

「在您忙碌的時候打擾，十分抱歉。我們是偵探事務所的人。」為了避免引人懷疑，馬場簡潔地打了招呼後，便帶入正題。「請問您有沒有看過這個孩子？」

馬場拿出小學生的照片，主婦仔細端詳。

「這個孩子是委託人失蹤的女兒，我們正在找她。聽說她昨天出現在公園裡。」

主婦手托著臉頰，歪了歪頭。「不知道耶。我沒看過……」

「是嗎？謝謝您。」

頭一個打席是揮棒落空。兩人道謝過後，便去拜訪下一戶人家。

之後他們又挨家挨戶打聽，但是並未得到線索。曾看到小孩在公園裡玩，但是不確定和照片上的是不是同一個人——得到的盡是這種答案。

費了那麼多功夫卻毫無成果，兩人開始感到厭煩。還有超過半數住戶尚未拜訪，但他們已經想放棄了。打聽消息是種非常需要毅力的工作。

林走上公寓的樓梯，垂頭喪氣地說道：「重松每天都要幹這種事嗎？」

「是呀，畢竟是刑警唄。」

「真令人肅然起敬。」

天色暗了，馬場提議：「今天就問到這一戶唄。」

他按下四〇八號室的門鈴。

三局下

門鈴響了好幾次，過一會兒變成敲門聲，大概又是那個社工吧。石原原本想裝作不在家，但來者似乎不是他所猜想的人。

『不好意思～』

隨著敲門聲傳來的是陌生男人的聲音。

石原不情不願地打開門，門外是一個面露禮貌性微笑的鳥窩頭男人，和一個板著臉的年輕女人。

「您是石原先生吧？」男人瞥了門牌一眼。

「嗯，是啊。」石原瞪著不速之客。「你們是誰？」

「現在才自我介紹，很抱歉。我們是偵探事務所的人。」

「……偵探？」

面對意料之外的訪客，石原頓時萌生戒心。

男人自稱馬場，並遞出一張紙。那是一張照片，上頭是個小孩。

「我接到委託，在尋找這個小學生的下落……請問您曾看過這個小女孩嗎？」

石原接過照片，仔細端詳。

「……不，沒看過。」

他的聲音微微上揚。

「這個孩子是委託人失蹤的女兒，我受託調查她的下落。」

「哦，這樣啊。」

對於偵探這番話，石原努力維持面無表情。

「我收到消息，昨天有人在這一帶看見她。」

「我沒看見。昨天我一直在工作。」

「……是嗎？打擾了。」

聽了石原的回答，男人露出微笑。

雙人組離去了。石原確定他們離開以後，旋踵返回屋內。

他走向和室裡的壁櫥。

拉開門一看，裡頭有個小孩，身體被五花大綁，嘴巴被膠帶貼住。長得和照片上的女童一模一樣的小孩就在眼前。

「混蛋，那小子！」石原咂了下舌頭。「居然給我捅婁子。」

就在這時候——

「我回來了。」

一道略帶顧慮的聲音響起，兒子似乎回來了。

石原踩著咚咚作響的腳步走向玄關。

兒子正在脫鞋子。他雖然已經國一，卻又矮又瘦，看起來活像小學生。不知是不是因為沒有好好吃飯，顯然發育不良，臉色蒼白，一副隨時可能因為貧血而昏倒的模樣；瀏海完全沒有修剪，表情總是很陰鬱。

「偵探找上門來了。」

石原說道，兒子露出錯愕的表情。他的駑鈍讓石原更加焦躁。暴躁易怒是石原的壞毛病。

「有偵探找上門來，打聽那個小鬼的事！」

石原忍不住大聲咆哮，兒子的身體猛然一震。

「沒用的廢物！」

身體在無意識間動了。石原推了兒子的肩膀一把，兒子的身子晃了一晃，倒向玄關。

「我不是叫你小心一點，別被發現嗎！」

石原捉住兒子的頭髮，揍了他的臉頰一拳。

這一戶位於角落，隔壁又是空屋，即使大聲嚷嚷、即使小孩哭叫，也不會有人注意。這股安心感助長石原的暴力。

「對、對不起，對不起。」兒子一面擦拭鼻血一面喃喃說道：「爸爸，對不起。」

「吵死了，閉嘴！」

石原舉起右臂。就在這時候，胸前口袋的手機響起，他的拳頭倏地停住。

他把氣得發抖的手移向懷中，拿出手機。

「喂？我是石原。」

『是我。』

上司的聲音傳來。

「三条先生，辛苦了。」

『現在立刻過來事務所，我有話要說。』

「知道了，我馬上過去。」

石原掛斷電話，吐了口長長的氣。他的腦子變得冷靜一些。

「……喂！」他瞥見兒子滴在玄關的鼻血，啐道：「把血擦乾淨。」

「對不起。」聽著兒子虛弱的聲音，石原走出家門。

山崎邦夫交給三条的照片背面寫著某個網站的網址。三条用事務所的電腦連上網，輸入網址之後，出現一個可疑的網頁。網頁的設計很樸素，頁面是全黑的，只有正中央嵌入影片。

三条召集部下，播放那段影片。

影片的內容是拷問過程。

穿著立領學生服的高中生坐在椅子上，嘴巴被膠帶貼住，手腳綁在椅子上。和那張照片的光景相同。

『己所不欲勿施於人，這個道理學校老師沒教過你嗎？』

有人在說話。

不過，聲音似乎經過變聲處理。機械式的聲音繼續說道：

『先揍幾拳讓牠衰弱，再切斷牠的尾巴、弄瞎牠的雙眼，最後砍掉牠的頭。這就是你對那隻貓做的事。貓咪好可憐喔，一定很痛苦吧。』

貓？他在說什麼？

接下來會發生什麼事？三条和小弟們圍著電腦，目不轉睛地凝視畫面。

『接下來要讓你嘗嘗同樣的痛苦。』

片刻過後，畫面切換了。

高中生不斷被毆打。

「……這是什麼？」一個部下忍不住出聲問道：「我們組裡現在也開始拍殺人影片了嗎？」

「不。」三条回答：「這是山崎老闆的孫子。」

「咦？」部下啞然無語。

令人不禁掩耳的慘叫聲從電腦傳來。畫面中的高中男生——山崎翔太的眼睛被刺瞎了。

『對著鏡頭說對不起。』

『對、對不起。』雙眼被刀子刺瞎，滿臉都是鮮血和淚水的翔太拚命討饒。『我不會再犯了，我不會再犯了，請原諒我，請饒了我。』

『現在知道當時被你殺掉的貓是什麼心情了吧？』

即使翔太道歉，對方仍未因此停手。

翔太的頭顱被砍下來，在畫面中喪命。

下一瞬間，畫面變得一片漆黑。

『下次就輪到你。』

在這段血書般的文字浮現後，影片便結束。

原來如此。三条暗自沉吟。從這段影片中，可以明白幾件事。

「山崎老闆的孫子殺害好幾隻貓，還拍下虐殺影片，上傳到這個網站。」

山崎邦夫的話語閃過腦海。

翔太沒有我們想像的那麼乖巧——就是這麼回事。

沒錯，山崎翔太是個以虐待動物為樂的殘酷高中生。

「他失蹤以後，這個網站就被竄改。某人把剛才的影片放上這個網頁。」

「那麼，『下次就輪到你』的意思是……」

「這個網站聚集了許多同樣有虐待嗜好的傢伙，八成是在警告他們吧。『會讓施虐的人嘗到同樣苦頭』的意思。」

某人拷問翔太，竄改網站，放上這段影片。「離家出走」的字條應該也是威脅翔太寫下的。

除了擄走翔太並折磨他的人以外，還有擁有竄改網站技術的同夥。這件事八成有多人參與，必須先找出主謀。

「山崎老闆拜託我調查他的孫子出了什麼事。你們聽說過什麼風聲嗎？」

三条環顧眾小弟，其中一人出聲說：「……啊！該不會是……」

「嘉瀨，你知道什麼？」三条催促他說下去。「說來聽聽。」

「該不會是復仇專家幹的吧？」

「復仇專家？」

「剛才的影片裡不是有說嗎？『接下來要讓你嘗嘗同樣的痛苦』。我一聽見那句話，馬上就聯想到了。從前我聽說過，有個專門以牙還牙的『復仇專家』。」

「……復仇專家啊？」

三条兀自沉吟。倘若是復仇專家所為，影片的內容就說得通。

山崎翔太殺了貓。

愛貓被翔太所殺的飼主，委託復仇專家代為報仇。

三条再次播放翔太網站上的影片，仔細聆聽影片中的一字一句。

——先揍幾拳讓牠衰弱，再切斷牠的尾巴、弄瞎牠的雙眼，最後砍掉牠的頭。這就是你對那隻貓做的事。

——接下來要讓你嘗嘗同樣的痛苦。

——對著鏡頭說對不起。

——現在知道當時被你殺掉的貓是什麼心情了吧？

這段影片是復仇的過程。起先，三条還以為是那些行徑近乎恐怖分子的偏激動保團體所為，但若是如此，不該只針對「那隻貓」。不過，如果是替某人飼養的貓復仇，那就說得通了。

「是嗎？復仇專家啊。」原來如此，三条點了點頭。「所以，要去哪裡才能找到那個復仇專家？」

「復仇專家好像是採介紹制。」嘉瀨回答：「只能去問委託過他的人。」

「要不要找情報販子打聽消息？」另一個小弟說道。

「不用，還有一個更快的方法。」嘉瀨朝著電腦伸出手。「請借我用一下。」

「你要做什麼？」

「有個網站有很多地下行業的相關情報，可以上那個網站打聽看看復仇專家的消息。」

嘉瀨連上網路，打開「地下求職網　福岡版」的首頁。

他在留言欄裡輸入文字，主旨是「徵求復仇專家的情報」——打到這兒，三条對部下說：「不，等等。」

「有什麼吩咐嗎？」

「這樣或許會引起對方的戒心。假裝成客戶吧。你把留言的主旨改成『請幫我介紹復仇專家』。」

「了解。」嘉瀨點頭，開始敲打鍵盤。

「內文就寫『我要向某個可恨的人報仇，在找復仇專家。幫我介紹復仇專家的人，我會給他謝禮』——這樣如何？」

「好的。」

雖說是介紹制，但不見得所有客戶的口風都很緊，只要其中有人財迷心竅，便能輕易和復仇專家搭上線。三条又要嘉瀨填一個免洗郵件信箱當聯絡方式。

該辦的事辦完了。

「不好意思，突然要大家集合。你們可以回去了。」

三条解散部下。

「——對了，石原。」

接著，他又叫住其中一人。

留著鬍渣、板著臉孔的男人回過頭來。「是。」

石原就是負責統籌新事業的人。

「關於那件事，數量可以達標吧？」

「沒問題。」石原回答：「在期限之前應該可以達標。」

「是嗎？那就好。」

期限是三天後，時間所剩不多。

「……對了。」三条又突然想起一件事。「你知道乃萬組的人被殺的事件嗎？」

「知道。」石原點了點頭。「我有看到新聞。」

乃萬組和牟田川組長年以來紛爭不斷，搞不好會被認定是牟田川組下的手，盲目地進行報復。

再說，攻擊乃萬組的凶手也有可能盯上同樣從事毒品買賣的牟田川組。

「我們最好也小心一點，或許會有人妨礙交易。」

「是啊。」石原點頭。他是個能幹的部下，美中不足的是性情暴躁易怒。

「不知道是誰幹的，真會給人找麻煩。」

偏偏挑上正忙的時候——三条咂了下舌頭。

鮮紅色露營車裡某個菱格紋壁紙環繞的房間，排放在沙發上的布偶與娃娃正凝視著

小丑。

躺在沙發上的客人終於醒來了。他四下張望，露出不安的表情。

「這裡是哪裡……？」

「這裡是麥加的家。」

小丑望著客人的臉龐，如此回答。

「媽咪呢？」

「媽咪不在。麥加的媽咪死了，已經不在了。」

「不是，我是說我的媽咪。我的媽咪在哪裡？」

「不知道，哈哈哈～」

小丑抖動肩膀大笑。

「別說這些了，和麥加一起玩嘛。」他逼近客人。「跟那孩子做朋友。」

小丑提出請求，但客人皺起眉頭。「我想回家。」

「不行、不行。」小丑沒打算讓客人回家。「來，快看麥加。」

小丑從行李箱中拿出道具。那是名為雜耍棒的雜耍道具，但是比一般的更重，因為是鐵製的訂製品。為了鍛鍊手臂的力量，他從小就被要求用這種鐵製雜耍棒練習。

小丑靈巧地拋接三根雜耍棒，展現甩棒技術。「你看、你看，很厲害吧？」

然而，客人連瞧也沒瞧一眼，只是反覆說著：「我想去找媽咪。」

後來，他甚至用雙手摀著臉龐，開始哭泣。

「媽咪……」

幼小的孩子連聲呼喚媽媽，哭鬧不休。

「……吵死了……」

小丑喃喃說道。

他把雜耍棒摔到地板上，發出巨大聲響，接著，又用媲美猛獸追捕獵物的速度撲向眼前的孩童。

「吵死了，吵死了，吵死了！」

小丑騎在小孩身上，讓小孩更加大聲哭鬧。

「吵死了！」小丑用手掌摀住那張小嘴。「快閉嘴，」

小孩無法呼吸，痛苦地掙扎。小丑不管三七二十一，繼續使勁摀住他的嘴。

此時，突然響起一道尖銳的電子聲，是郵件的提示聲。小丑放開小孩的嘴巴，察看手機。

要求的資料似乎寄來了。

小孩一動也不動。小丑原以為他死了，但是還有氣息，只是昏過去而已。不過，這小孩已經沒有用處。小丑不需要不當朋友的小孩。

小丑打開露營車的車門，把小孩從車上丟向空地。看著矮小的身體滾進草叢裡之後，他又回到房間。

接著，他一如平時，播放最喜歡的音樂。歌劇《丑角》中的〈粉墨登場〉——這是他出發前必聽的曲子。

Vesti la giubba 穿上彩衣，
e la faccia infarina. 抹上白粉。

男人的歌聲響徹狹小的房間。

小丑一面聆聽歌曲，一面瀏覽寄來的資料。第一頁記載的名字是——藍川真理。

藍川真理，住址是福岡市博多區。

小丑詳讀報告書，把目標的資訊輸入腦中。

ridi, Pagliaccio... 笑吧！小丑……
e ognuno applaudirà! 所有人都會為你喝采！

——沒錯，所有人都會為你喝采。

小丑雀躍不已，熱血沸騰。

Tramuta in lazzi lo spasmo ed il pianto; 將痛苦與淚水化為詼諧，
in una smorfia il singhiozzo e'l dolor... 將嗚咽與苦惱化為鬼臉。

好了，出發。

小丑走向駕駛座，握住方向盤。

Ridi, Pagliaccio, 笑吧！小丑，
sul tuo amore infranto! 為了你那破碎的愛情！
Ridi del duol che t'avvelena il cor! 笑吧！為了毒害你心的悲嘆！

——這就要出發去拯救世界，拯救這個被毒害的世界。

小丑用口哨吹著旋律，踩下油門。

偵探沒有聯絡，顯然是尚未找到女兒。

不過，藍川真理的心情十分平靜，她甚至希望女兒永遠找不到。

反正那個孩子是多餘的，不是自己的親生女兒，而是那個女人——可恨的前妻和丈夫生下的女兒。

藍川真理一直視玲奈為眼中釘。每次看著花在她身上的養育費，就會暗想如果沒有她該有多好。沒有這孩子，省下的錢就可以花在親生女兒愛裡住身上，可以盡情地投資可愛的女兒，讓她去學才藝、上補習班。

藍川真理望向時鐘。女兒差不多該放學回家了。今天是跟著放學路隊走，因此回家時間比平時晚一些。

這時候，玄關傳來聲響。

女兒似乎回來了。

過一會兒，客廳的門打開。

「妳回來啦，愛理住——」

藍川真理抬起頭來，轉過視線，臉上表情不禁凍結。

——不是女兒。

是個男人。

而且不是普通的男人，是個穿著小丑般的奇裝異服的變態。

面對突然出現的入侵者，真理瞪大眼睛。恐懼竄過全身，她忍不住發出細小的尖叫聲：「噫！」

她想呼救，卻發不出聲音。

那個小丑男吹著口哨走向她。真理連忙逃進廚房。

「你、你是什麼人——」

情急之下，真理拿起附近的菜刀，用顫抖的雙手緊緊握住，把刀尖對著男人。

「別、別過來！」

然而，男人並未停下腳步。

小丑男的手上拿著某樣東西。他一面旋轉那樣東西，一面笑咪咪地走來。

真理揮動菜刀攻擊，男人笑嘻嘻地躲開了。「哈哈哈！」簡直像在玩遊戲。

下一瞬間，高舉的鈍器砸向真理的頭。

一陣強烈的痛楚隨著衝擊竄過，視野搖晃，真理當場倒下來。

小丑男並未停手，仍一再地揮動鈍器。每當鈍滯的聲音響起，真理的身體便隨之擺盪。

隨著腦袋被打破的觸感，溫熱的液體滑落臉頰——是血。

四局上

看來這陣子都得把時間花在小孩的行蹤調查上了。

林比平時提早起床，洗了把臉。馬場已經梳洗完畢。

「……肚子好餓。」林克制著呵欠，喃喃說道。

「我來煮麵唄？」馬場走向流理台，從櫥櫃裡拿出屯購的泡麵。

「不用了，我今天想吃白飯。」最近老是吃麵，偶爾想來點不一樣的。「明太子還有剩吧？」

然而，電子鍋裡空空如也。

林點了得花一番功夫才能完成的餐點，馬場雖然有些不情願，還是答應了。

「……真拿你沒辦法。」

過一會兒傳來洗米的聲音。

林打算趁著馬場煮飯時看看新聞，便打開電視。電視上正在報導新的事件。

『住在博多區的主婦藍川真理陳屍家中，次女回家時才發現——』

藍川真理，這個名字有點耳熟。

林隨即想起來了，瞪大眼睛。「……真的假的？」

是昨晚的委託人。電視上映出的照片確實是那個母親。

「喂，馬場。」林連忙呼喚站在流理台前的馬場。「馬場！」

「等一下，我這就開始煮飯了。」

「別管飯了！你快過來看！」林指著電視高聲說道。

馬場一面擦拭濕答答的手，一面走來。他窺探電視後「呀」了一聲。

「那個母親被殺掉了。」

現在不是悠哉吃飯的時候。林和馬場面面相覷，立刻衝出事務所。

「你們事務所……」聽完事情的來龍去脈，榎田比平時更加樂不可支地說：「為什麼老是接到這種麻煩的委託啊？」

馬場露出厭煩的表情，喃喃說道：「……我也想知道。」

林和馬場離開事務所後，立即前往中洲。榎田就在平時那家咖啡廳裡，林和馬場圍著正在吃簡餐的他，討論這次委託的意外發展。

「所以呢？」林問道：「你有查到什麼眉目嗎？」

他之前拜託榎田調查藍川真理。榎田看著電腦畫面，報告成果。「我查過了，藍川真理只是一般人而已。」

「真的？」

「我回溯了好幾代，她和地下組織完全沒有牽連。」

榎田又附加但書：

「不過，這個母親好像被兒諮關照過。」

「兒諮？」

「兒福單位『兒童諮詢所』。她疑似因為虐待女兒被介入調查。這是報告書。」

馬場和林同時窺探榎田遞過來的紙張。

「鄰居聽見歇斯底里的叫聲和小孩的哭聲，通報兒諮。職員進行家訪，發現長女玲奈的臉上有片大瘀青。面談的時候，母親堅稱女兒只是跌倒撞到，玲奈也袒護母親，所以兒諮無法介入，最後並沒有把她和母親隔離，進行家外安置。」

「原來如此。」馬場沉吟，「所以她才不敢報警。」

藍川真理沒有報警，卻向偵探求助的理由——馬場一直想不透這一點，這下子總算真相大白。

她害怕虐待女兒的事曝光。

「該不會失蹤本身就是自導自演吧？」

藍川真理下手過重，將女兒虐待致死，便把屍體處理掉，偽裝成失蹤——這也是一種可能性。

「是啊。」榎田嗤之以鼻。「哎，要問本人才知道了。」

但唯一知道真相的人如今已不在人世。

「你知道殺害藍川真理的凶手是誰嗎？」

以這個男人的本事，八成還握有其他情報。果然不出所料。

「你們看看這個。」

說著，榎田把電腦螢幕轉向他們。螢幕上顯示的是殺人現場的照片。鮮血淋漓的女人被倒吊著。

「這是藍川真理的遺體，我拜託重松大哥偷偷寄給我的。這張照片很有意思。」

榎田按下按鍵，放大照片。被害人的臉大大地映出來。

「這是什麼鬼啊……」林瞪大眼睛。

屍體的臉上被畫了圖。兩邊的臉頰都畫上歪七扭八的紅心記號，活像小孩的塗鴉。

「凶手用被害人的血在屍體臉上畫的。」

「幹嘛這麼做？」林無法理解，歪頭納悶。

「八成是種署名行為吧。」

「……署名行為？」

「在遺體或現場留下是自己所殺的證明。會幹這種事的只有兩種人：心理變態，再不然就是——」

「殺手。」

馬場喃喃說道，榎田點頭稱是。

「前陣子不是發生了乃萬組的流氓被殺的事件嗎？」榎田在電腦上顯示另一張照片。「這是案發現場的照片，據說是在交易毒品時被攻擊的。」

「……一模一樣。」看了照片，林喃喃說道。

現場有三具男屍，全都是被和藍川真理相同的手法所殺害，三人鮮血淋漓地倒吊著。不只如此，連臉上的塗鴉也如出一轍。

「沒錯。在這起案子的被害人身上也可以看到相同的署名行為。」

「有沒有可能是模仿犯？」

「不可能，因為屍體倒吊和臉上的塗鴉都是沒有對媒體公開的資訊。」

不可能被模仿，除非凶手是辦案人員。

「我又更進一步調查，發現過去也發生過好幾件同樣的案子。情況和乃萬組相同，做毒品生意的黑道分子與藥頭死於同樣手法。哎，因為凶手等於是幫忙清除散播毒品的害蟲，所以警方只用『黑道火拼』帶過，故意放任不理。」

不過，這些案子和這回的案子看不出有任何關聯。馬場也不禁歪頭納悶。

「買賣毒品的人和虐待兒童的母親……目標未免太缺乏一致性了唄？」

「就是說啊。」榎田興奮地說道：「一般來說，心理變態的連續殺人魔，都是以特定類型的人為目標。」

喜歡金髮的人會專找金髮女郎下手，怨恨壯漢的人則是專以壯漢為目標。如果凶手是心理變態，追殺的獵物應該都很相似才是。

然而，這兩起案子的被害人形象卻是天差地遠。

「這麼說來，是殺手幹的？」

「這麼想是比較合理。」榎田含糊其辭。「不過，我總覺得應該不是。」

聞言，馬場目不轉睛地凝視著榎田的臉龐。

「……榎田老弟。」他詫異地瞇起眼睛。「你知道啥唄？」

「咦？」榎田裝蒜：「你在說什麼？」

「隱瞞也沒用。」

馬場厲聲逼問，榎田死了心，坦白招來：「真是敵不過馬場大哥啊。」

榎田似乎本就無意隱瞞，只見他毫無反省之色，嘻皮笑臉地說道：

「老實說，藍川真理被殺是我害的。」

「啊？」聽了這番意料之外的發言，林不禁皺起眉頭。「什麼意思？」

「這個被殺的男人。」榎田指著三具屍體中的一具。「是我的客戶，我常提供情報給他。昨天我也接到他的委託，要我給他『虐童父母的情報』。可是，當時他應該已經被殺了。」

已死的男人提出委託，這種怪事當然不可能發生。

「換句話說，凶手假冒這個男人向榎田老弟提出委託？」

「八成是。所以我把兒諮的報告書彙整起來寄給他，其中也包含藍川真理母女的情報。隔天，藍川真理的屍體就被發現了。」

藍川真理被殺是我害的——榎田這句話並沒有說錯。向榎田索求情報的人和殺害藍川真理的凶手是不同人物的可能性微乎其微，是榎田的情報導致她的死亡。

莫非榎田明知對方是冒牌貨，還故意提供情報？林有這種感覺。這個男人如此聰明，豈會識不破客戶是冒牌貨？

「不能靠你得意的駭客本領查出凶手的下落嗎？」

「我也追蹤過，但是慢了一步，手機已經被丟掉——你們看，又有新的凶殺案。」

榎田拿出智慧型手機，把畫面轉向兩人。

網路上的新聞網站刊登了福岡市內發生的殺人案報導。被害人名叫青山良二，三十二歲，是個上班族。

「這個男人也因為虐待兒子被兒諮關照過。」

這件案子八成也是同一個凶手犯下的。

「換句話說，你給殺人犯餵餌？」林皺起眉頭。「你寄了幾人份的報告書給那傢伙？」

「共計三十人份。」

說著，榎田把一疊紙放到桌上。這些似乎就是他收集到的虐童情報。

林概略地瀏覽資料一遍。藍川真理、青山良二、石原博、上田和美——看著三十個父母的名字，林嘆了口氣。

「因為你的情報，害這三十個人變成犧牲者，你多少反省一下吧。」

「哎，我也覺得過意不去啊。」榎田笑道。

少騙人了——林在心中嘀咕。這個男人才不會反省。

「欸，你知道黑斑土椿象嗎？」

聽榎田沒頭沒腦地這麼說，林不禁歪頭納悶。「不知道。那是什麼？」

「黑斑土椿象是一種會育兒的昆蟲，牠會出去找食物餵養自己的小孩。你不覺得很了不起嗎？」榎田瞥了成疊的資料一眼，諷刺道：「連昆蟲都會好好養育孩子，這些人居然連飯都不給孩子吃，只會對孩子動粗。這種爛到極點的父母被殺，應該不會有人傷心吧。」

果然沒在反省。

林側眼瞪著理歪氣壯的情報販子，此時，一直沉默不語的馬場突然開口：

「……不知道凶手的目的是啥？」

先前是四處殺害毒品買賣關係人，這回則是盯上虐童加害者，感覺上不像是執行暗殺委託，倒像是隨機殺害特定團體的人。

馬場不明白凶手的目的為何，只敢確定一件事。無論凶手的真實身分是殺手或心理變態的連續殺人魔，短期間內，他都不會停止犯案。

「會不會是殺了藍川真理的人綁走小孩？」

「不可能，她的女兒是在我提供情報之前被誘拐的。」

林原以為這次的殺人案若和藍川玲奈的失蹤有關，或許可以從中得到線索，看來這個如意算盤打錯了。

「好，接下來你們打算怎麼辦？」榎田詢問：「既然委託人死了，就不必繼續調查這件案子了吧？」

「有小孩失蹤，怎麼能放著不管？」

「反正鐵定已經被殺了。」

「……你真的很狠耶。」

「就算運氣好撿回一條命，以後她也必須抱著精神創傷活下去。」

榎田望著真理的屍體照片，喃喃說道：

「你們知道嗎？聽說虐童的諮詢件數一年超過六萬件，自一九九〇年以來，每年都在增加。如果連犯罪黑數也算進去的話，數目一定非常驚人。」

其中只有極小部分的孩子會登上新聞版面，為社會大眾所知。

日本有許多小孩是生活在監護人的凌虐下，只是大家不知道而已。

「這個國家病了。」榎田的話語聽起來不像平時的玩笑。「毒品、虐待……我能理解這個凶手想殺人的心情。」

雖然沒有從前那麼頻繁，但美紗紀偶爾還是會想起往事。

看電視的時候、睡覺前躺在被窩裡的時候，或是像現在這樣，在學校裡沉思的時候，過去的記憶會在一瞬間閃過腦海。

美紗紀拄著臉頰望著黑板，眼前浮現數年前的光景。

——那個男人爛透了。

美紗紀恨不得他快點死掉。

媽媽到底喜歡這種男人的哪一點？

美紗紀一直感到不可思議。

母親帶來的新父親不務正業，每天都泡在小鋼珠店或麻將館裡。

每當母親勸阻，繼父便大發雷霆。『囉唆，一個女人家還管東管西！』他一面說著這種話，一面毆打母親。

繼父的暴力逐日加劇，只要心情不好，就連只有四歲的美紗紀都會被他拿來當出氣筒。母親從旁勸阻，男人便暴跳如雷，對她飽以老拳。

美紗紀討厭這個家。只要待在家裡，她就渾身不舒服。

她也很討厭吃飯時間。

飯菜難吃、味噌湯冷掉了、別煮我不愛吃的菜——一家人圍著餐桌的時間，向來充斥著繼父的謾罵聲。

為了避免觸怒他，美紗紀總是安安靜靜地把食物往嘴裡送。若是不小心掉出來，繼父便會發脾氣，一面噴著口水和飯粒，一面怒吼：『吃得髒兮兮的！』若是吃得乾淨整潔，他又會像混混一樣找碴：『妳那是什麼態度？』『瞧不起大人是吧？』

對於蠻橫無理的繼父的不滿雖然與日俱增，但是四歲小孩根本無能為力。她沒有反抗的方法與力量，只能靜待暴風雨過去。

這種地獄要持續到什麼時候？

美紗紀遠遠望著被毆打的母親，祈禱繼父的氣能夠快點消。

某一天，母親不見了。

她扔下美紗紀，離家出走。

這樣一來，媽媽就再也不會被打，太好了——這麼想的同時，卻也有股龐大的失落感與絕望占據美紗紀的心。

——自己被拋棄了。

她原本以為，母親是唯一一個會保護自己的人。

和繼父同居的生活十分悲慘。美紗紀不能去上幼稚園，只能屏氣歛聲地在家裡生活。繼父去打小鋼珠時，她便在冰箱裡找食物來吃；觀看教育節目或連續劇，以免忘記怎麼說話。

美紗紀總是餓肚子，渾身髒兮兮的，生活環境極為惡劣。非但如此，地獄也變得更加慘烈。老婆跑了以後，男人怒不可遏，比過去更加沉溺於酒精之中，也比過去更加暴躁。

他把美紗紀視為壓力的宣洩出口。

每到晚上，男人便逼著美紗紀替他斟酒。他命令只有四歲的美紗紀拿著沉甸甸的酒瓶替他倒酒，只要稍微灑出來，或是沒有準確達到他要求的分量，他便大聲怒罵、毆打美紗紀的頭。虐待越演越烈，男人每天都會拿一些雞毛蒜皮的小事刁難美紗紀，對她動粗。美紗紀成了母親的代罪羔羊，只能繼續忍耐。她總是全身緊繃，以備隨時可能降臨的拳打腳踢。

有一次，男人踹了美紗紀的肚子，又扭住她的手臂，害得她右臂和肋骨骨折。他帶美紗紀去醫院，向醫生強調她是「和朋友打架受傷的」。當時，醫生曾懷疑是不是虐童，令男人耿耿於懷。

從那一天起，男人的嗜好改變了。

『——喂，過來。』

到了晚上，男人把美紗紀叫過去，點了菸叼在嘴上，並把日本酒的一升瓶遞給美紗紀：『倒酒。』

美紗紀用小手握住一升瓶，用力舉起，但酒瓶實在太重，壓得她的手臂直發抖，無法把酒完全倒入男人手上那只杯口窄小的杯子。酒灑出來，弄濕男人的手。

『妳這個白痴，在幹什麼！』

男人一如平時怒吼，抓住美紗紀的手臂，把她壓在地板並騎在她的身上，以防她逃脫。

男人掀起美紗紀的衣服，拿下嘴裡叼著的菸，用菸頭抵住美紗紀的背部。

尖叫聲衝口而出。

好燙。

好痛。

好可怕。

男人騎在不斷哭喊的美紗紀身上，邊笑邊用菸頭一再燙她。每燙一次，便響起肉燒焦的滋滋聲，並竄過一陣劇痛。

過度的恐懼與疼痛使得美紗紀失禁了。男人罵道：『居然尿褲子，髒死了。』美紗紀連忙趁騎在身上的男人退開之際躲進壁櫥裡。

『喂，出來！』

男人的怒吼聲逐步逼近，比平時更加凶狠。

美紗紀覺得自己會被他殺掉，不住發抖。

『叫妳出來聽不懂啊！』

男人伸出手臂，抓住美紗紀的腳。就在美紗紀快被拖出壁櫥的時候——

『——嗨，晚安。』

一道與現場氣氛格格不入的悠哉聲音響起。

『……啊？』繼父放開美紗紀的腳，回頭望向聲音的主人。面對突如其來的入侵者，他大吃一驚。『幹嘛？』

美紗紀也從壁櫥的門縫窺探外頭的動靜。

『門沒鎖，所以我自己進來了。』一個陌生男人站在房裡。雖然是男人，卻是用女人的口吻說話。『討厭，酒味好重！』

『你是誰？啊？』繼父高聲說道。

『我是復仇專家～』

——復仇專家？

他究竟是什麼人？年幼的美紗紀毫無頭緒，連這個人是敵是友也不明白。

復仇專家對著一臉錯愕的男人說明原委。『是你太太委託我的，她說她被你打得不成人形，要我幫她報仇。』

接著，復仇專家揪住男人的胸口，毆打他的臉。

一拳接著一拳。

美紗紀默默望著這幅光景。

平時總是蠻不講理、對母親和自己施暴的男人被打得鼻青臉腫，口吐鮮血，一面發出窩囊的哀號聲一面求饒。

片刻過後，男人昏過去了。

『……哎呀？』

復仇專家察覺了美紗紀，驚訝地瞪大眼睛。

——被發現了！

美紗紀繃緊身子。

『過來這裡。』復仇專家伸出手。『我不會對妳怎麼樣的，放心吧。』

他的笑容很溫柔。

美紗紀戰戰兢兢地抓住他的手，走出壁櫥。復仇專家輕輕地摸了摸美紗紀的頭。

『沒事了，妳很勇敢。』

他的手又大又溫暖。

『……復仇專家。』

美紗紀抬起涕淚交錯的臉龐望著他。

『謝謝你替我打倒繼父。』

博多豚骨
拉麵團
HAKATA
TONKOTSU
RAMENS

四局下

針對復仇專家的調查進行得很順利。

那一天，有個男人看到「地下求職網」的留言，主動聯絡。組裡的一名小弟向對方詢問詳情。那位情報提供者表示，他數個月前曾委託某個自稱復仇專家的男人替他報仇，而他也是經由別人的介紹才搭上線。

他聯絡復仇專家，在市內的店裡見面，對方是個年約三十歲左右、溫文有禮的修長男子。

抓住復仇專家，逼他承認殺害山崎翔太一事——這是三条的命令。三条交代過，用粗暴一點的手段也無妨，但是別要了他的命。復仇專家的生死取決於委託人山崎家。

包含石原在內的小弟經由男人的介紹聯絡了復仇專家。雙方都是透過免洗信箱溝通，順利訂下見面的時間與地點。

相約時間是今天晚上九點，地點是中洲一家叫做「Smoking hot」的酒吧。是由我方指定的。

石原開車離家，在組事務所前接年少的小弟嘉瀨上車，待嘉瀨坐上副駕駛座後，便驅車前往中洲。

「怎麼了？石原大哥。」嘉瀨詢問頻頻注意後照鏡的石原。

「……那輛車好像在跟蹤我們。」

石原又看了後照鏡一次。一輛鮮紅色的露營車行駛於幾輛車後方。打從離家，石原便常看見這輛車。

「哪一輛？」

「那輛紅色的。」

嘉瀨回頭確認石原所說的車。

「沒有人會開那麼顯眼的車子跟蹤啦。」嘉瀨一笑置之。

他說得沒錯，若是跟蹤，手法未免太粗糙。

「哎，為了安全起見，先甩掉它吧。」

石原轉動方向盤。時間還很充裕，繞一點遠路應該不成問題。

五局上

剛獲救時的美紗紀狀態十分糟糕。
她大概已經有好幾天沒洗澡，身上的衣服也沒洗，髒兮兮的，散發著一股餿味。
總之，必須先幫她打理乾淨。
『先洗個澡吧？』
帶美紗紀回家的路上，她始終不發一語；現在亦然，次郎和她說話也不答腔，只是默默地點頭。
『妳可以自己脫衣服嗎？』
她抬起手臂，打算脫衣服，卻倏地停住不動。瞧她一瞬間皺起眉頭，八成是身體有哪裡會痛吧。
美紗紀默默地搖了搖頭。
『……妳的手臂受傷了啊。』反正次郎原本就打算把髒衣服扔掉。『我把衣服剪開好不好？』

她點了點頭。

次郎拿起剪刀，從背後剪開衣服，除去她身上的破布之後，不禁瞪大眼睛。

她上半身有許多瘀青，有青色的新瘀青，也有黑色的舊瘀青。這是她長期遭受家暴的證據。

她背上還有好幾處燒傷，似乎是被香菸燙傷的。

好過分——次郎在心中喃喃自語。這麼小的女孩，為何得遭受如此殘酷的對待？

為了避免刺激傷口，次郎用濕毛巾溫柔地擦拭肋骨浮現的身體。她乖乖地任次郎擺布。傷口較少的下半身則是用蓮蓬頭沖洗。

次郎幫她穿上回程時預先買好的內褲和衣服。她依然是乖乖地任次郎擺布，看起來活像個沒有感情的娃娃。

『接下來洗頭髮吧。』

次郎用洗髮精仔細揉開毫無光澤又打結的頭髮，同時留意別弄濕衣服和傷口。

『我從前是美容師。洗頭的技術很好吧？』

次郎對她微笑，她默默地點了點頭。

梳洗完畢後，次郎帶美紗紀去找佐伯，替她敷藥，接著又帶她前往家庭餐廳。

『肚子餓了吧？愛吃什麼盡量點。』

說著，次郎把菜單遞給美紗紀。

她接過菜單，端詳片刻之後，喃喃說道：『蛋包飯。』

次郎叫來店員，點了份蛋包飯和柳橙汁，接著又替自己點了杯咖啡。

過一會兒，餐點送來了，她規規矩矩地開動，用湯匙將蛋包飯細切成數塊，小心翼翼地送入口中。

『盡情吃吧。不用守規矩，今天沒有人會罵妳。』

次郎的話才剛說完，她便立刻用猛烈的速度將食物扒入口中，應該是餓壞了。

轉眼間，盤中已經空空如也。

『還想不想吃？』

次郎詢問，美紗紀點了點頭。

『想吃什麼？』次郎再度把菜單遞給美紗紀。

美紗紀思考一會兒之後回答：『漢堡排、多利亞焗飯和巧克力香蕉百匯。』

吃這麼多？次郎大吃一驚。雖然她愛吃多少都沒關係，可是，那小小的胃袋塞得下這麼多東西嗎？

次郎喝著咖啡，突然想起一件事。這麼一提，之前看的虐童紀錄片中，專家曾經這麼說過。

有的受虐兒童會一直吃，甚至吃到吐出來。這是因為父母不盡養育責任，沒有為他們定時準備三餐，因而產生「不趁著能吃的時候多吃一點，下一餐不知道什麼時候才有得吃」的心理。或許她也是這樣。

『明天也有飯可以吃，妳不用勉強硬塞喔。』

次郎試探性地說道，只見她猛然抬起頭問：『……真的？』

『嗯，真的。』

『……明天也可以吃？』

『什麼時候都可以吃。妳已經是我的孩子了。』

聞言，美紗紀露出驚訝的表情。接著，她又瞪著菜單好一會兒，最後才改口：

『……巧克力香蕉百匯。』

美紗紀懷有受虐兒童常見的典型依附疾患，不懂得如何向人撒嬌。不知道是不是因為不擅長與人交流，她總是面無表情，讓人摸不透她的心思。

這樣的她最近總算會向人撒嬌了，可說是莫大的進步。
不幸的身世使得她無法享有該享有的事物，所以次郎向來盡可能滿足她的願望。
不過，唯有這件事不能讓步。
「不行。」
次郎斷然拒絕，美紗紀嘟起嘴巴。「為什麼？」
「因為很危險。」
次郎突然接到委託，必須立刻去見委託人，美紗紀卻一直吵著要次郎帶她去。
最近時常發生這種情形。次郎為了地下工作出門時，美紗紀總是想跟來。
想當然耳，次郎不能帶她去。次郎已經在心中立下堅定的誓言，絕不會再讓她接觸復仇專家的工作。
「妳好好看家。」
次郎留下忿忿不平的美紗紀，離開家門。

和榎田道別以後，林和馬場在公園附近花了一整天的時間打聽消息。

然而，終究是一無所獲。從住在公寓裡的長舌婦口中得到的，盡是一〇三號室的老公和一〇五號室的太太搞外遇、三〇四號室橋本家的老公被裁員、四〇八號室石原家的爸爸是牟田川組的流氓之類的八卦話題和謠言，毫無有益的目擊證詞。藍川玲奈的下落依舊不明。

回到事務所以後，林不禁歪頭納悶：「奇怪。」

藍川玲奈失蹤當天的那個時段，公園附近不可能完全沒有人。如果有誘拐犯在附近遊蕩、物色小孩，應該會有人留下印象才是。

「是因為現代人跟社區的關係變得不再緊密的緣故嗎？」

「或許是被不會引人懷疑的人拐走的？」馬場一面用熱水沖泡泡麵一面說道。

「……不會引人懷疑的人？」

和女童在一起不會引人懷疑也不會引起注意的人——林說出聯想到的所有可能性。

「比如穿著警察制服的人？」

制服擁有特別的力量，人們容易信任身穿制服的人，尤其是警察。

「年齡可以當母親的女人？」

看見小孩和女人在一起，往往會認定對方是母子。

「還有就是……小孩？」

如果是小孩，就不會引人懷疑。沒有人會懷疑在公園一起玩耍的小孩是誘拐犯。小孩誘拐小孩？

「……不可能吧！」

在林一笑置之之際，事務所的門開了。

看見突然上門的客人，林和馬場不約而同地瞪大眼睛。

站在門口的是美紗紀。

「美紗紀。」馬場讓她入內，問道：「怎麼了？在這種時間跑來。」

她鮮少造訪事務所，更何況今天監護人不在。

「次郎呢？」

「工作。復仇專家的。」美紗紀回答，抬頭仰望馬場的臉。「今天我可以待在這裡嗎？」

「啊？為什麼？」林皺起眉頭。

「我離家出走了。」

「離家出走？」

「對。所以讓我待在這裡好不好？」

她沒頭沒腦地在說什麼？

「別開玩笑了，這裡不是托兒所。」林立刻反對。她最好快點回家，不然次郎也會擔心。

「我沒問你。」美紗紀狠狠瞪著林。「我是在拜託小善。」

真是不可愛的小鬼，林不禁皺起眉頭。

「嗯，行呀。」馬場彎下修長的身子，望著美紗紀的臉龐。「不過，可以告訴我離家出走的理由麼？」

在馬場的溫言勸說下，美紗紀乖乖地點了點頭。

馬場讓她坐在沙發上，自己也在她身邊坐下來。

「……次郎不肯帶我去工作。他說很危險，我不能去。」

據她所言，她一直央求次郎帶她一起去見委託人，但是次郎完全不理她，所以她一氣之下，便留下「我離家出走了，請別找我」的老套字條，奪門而出，跑到這裡來。

「欸，小善。」

「唔？」

「我還有一件事想拜託你。」

「啥事？」

「教我殺人的方法。」

「……啥？」聽美紗紀突如其來這麼說，馬場慌了手腳。「不不，那怎麼行！」

然而，美紗紀並未放棄。「有什麼關係？教我嘛，我也想當殺手。欸，拜託你，一個星期一天就好。」

「妳是白痴啊？又不是才藝班。」林插嘴：「妳瞧不起殺手是吧？」

「我才沒有。」

「美紗紀。」馬場勸諫：「當殺手的人不是因為想當而當的，是迫於無奈才變成殺手。」

「……我聽不懂。」

美紗紀嘟起嘴巴。

小孩一任性起來就沒完沒了。林嘆一口氣說：「不管妳做什麼，次郎都不會帶妳去工作的。」

即使離家出走，即使練習殺人，次郎都不會讓美紗紀幫忙工作。

「為什麼？」美紗紀忿忿不平。

「那還用問？因為小鬼只會礙手礙腳。」

林說得直接了當，馬場連忙打圓場。「不是啦！次郎很疼妳，擔心妳——」

「我才不是小鬼！」美紗紀打斷馬場，高聲叫道：「才不會礙手礙腳！」

「哪裡不是？」林俯視她，用鼻子哼了一聲。「明明光靠自己什麼也做不到。」

「我做得到！」

美紗紀氣呼呼地反駁。

「好了，你們兩個別吵啦。」

馬場試圖介入，卻被林一把推開。

「哦？是嗎？」林刻意用話激她：「那就別在這裡發牢騷，自己想辦法解決啊！」

聞言，美紗紀漲紅了臉，離開事務所。刺耳的甩門聲響徹屋裡。

那個小鬼在搞什麼啊？林傻眼地聳了聳肩。

「真是的。」身旁的馬場嘆一口氣。「小林，你幹啥說那種話呀？」

林大模大樣地坐在沙發上，癟起嘴巴：「我又沒說錯。」

「這樣她太可憐了。她還是小學生呀。」

「……我一看到那種不懂世事的小孩就火大。」彷彿看著從前的自己。

美紗紀大概正值想要加入大人行列的年紀吧，不明白自己有多麼無力，以為自己什麼都辦得到。她也該認清事實了——自己是弱勢。這麼一來，她就不會吵著「要跟去工作」，次郎也用不著再為此傷腦筋。明明對於這個世界一無所知，卻說「想當殺手」，這種愚蠢的行為不能再犯。

「那孩子有她自己的想法。」馬場聳了聳肩，拿出手機。

——礙手礙腳。

這句話不偏不倚地射中美紗紀最脆弱的部分。

林憲明——那個男人的心眼很壞，嘴巴也很壞，一點也不溫柔。美紗紀討厭他，看他的每一點都不順眼。

一想起來，美紗紀便感到煩躁。

而這股煩躁逐漸化為不安。

自己會不會再次被拋棄呢？就像生母那時候一樣。那一天，母親為了逃離繼父的暴力行為，扔下她一走了之。

為何不帶自己一起走？

美紗紀知道答案——因為自己會礙手礙腳。

獨自逃走要來得方便多了，年幼的孩子只會礙手礙腳，而且會妨礙母親展開新的人生。她對於母親而言，是沒有用處的孩子，總是需要保護，什麼事也不會做。為了保護她，母親會受到更多傷害。

所以她才被媽媽拋棄了。

這次必須好好表現才行——次郎成為新爸爸的那一天，美紗紀如此暗自立誓。不能再犯同樣的錯誤，必須成為有用的小孩。

可是，最近次郎不讓她幫忙工作了。

沒有用處的自己沒有存在價值，再這樣下去或許又會被拋棄。必須想個辦法——焦躁感油然而生。

當她在不安的驅使下加快腳步時，她發現次郎要她隨身攜帶的兒童用手機正在震動。有人來電。

是馬場。

「……喂？」

『喂？美紗紀麼？』馬場充滿擔心之色的聲音傳入耳中。他總是很溫柔，所以美紗紀喜歡他。『妳要去哪兒？快回來。』

「回家。我得餵克洛吃飯。」克洛是她養的貓咪名字。

『呀，這樣呀？』聞言，馬場顯然鬆一口氣。『妳在哪兒？我送妳回家。』

「不用了，我可以自己回家。」

美紗紀掛斷電話，關掉手機電源。只要關掉電源，次郎就無法追查她的行蹤。說要回家是漫天大謊，美紗紀步向中洲。她搭乘地下鐵，在中洲川端站下車，穿過四號出口，目的建築物映入眼簾。是蓋茲大樓。

她在一樓的咖啡廳裡找到醒目的白金頭，豚骨拉麵團的第一棒打者，情報販子榎田。他正在喝咖啡，電腦就擺在桌上。

美紗紀沒有徵求同意，就在對側的位子坐下來。榎田抬起頭來，微微一笑。

「真是稀客啊。」

「我有事拜託你。」美紗紀探出身子說道。

「什麼事？小小復仇專家。」

「幫我調查次郎現在在哪裡。」

「為什麼？」

在榎田的凝視下，美紗紀不禁心生怯意。這個男人的眼睛向來讓她不自在，彷彿看穿了自己的所有想法與狀況。

「別問了，拜託啦！」

「我想聽聽理由。」

「如果你不替我查……」美紗紀指著咖啡廳的收銀台附近說道：「我就跟那邊的店

員說：『這個不認識的大哥哥硬要拉著我四處走。』」

前些日子才剛報導過小孩被誘拐的新聞，福岡市民對於這類話題應該正值敏感期。饒是榎田，聽了這句話也不由得微微變了臉色。

「……居然敢要脅我，真是個前途不可限量的小孩。」

「給我情報，我會付錢的。」

「我可不提供小學生折扣喔。」

榎田不情不願地拿出智慧型手機，似乎是在打電話給某人。

「你不用電腦查嗎？」

「用不著花功夫調查，用問的就行了。」榎田側眼望著美紗紀，揚起嘴角。接著他對通話對象說道：「——啊，喂？是次郎大哥嗎？」

美紗紀一臉錯愕。榎田的通話對象是自己的監護人。

他該不會要向次郎告狀吧？

榎田無視忐忑不安的美紗紀，繼續說道：「你現在在哪裡？啊，正要和委託人見面？在哪裡見面？哦，這樣啊……沒什麼，只是有事想通知你。我待會兒再打給你。」

榎田掛斷電話。調查朋友的行蹤，根本用不著使用駭客技能。

「次郎在哪裡？」

「中洲的酒吧，正在等委託人。」

「什麼店？」

「『Smoking hot』，在三丁目。」

「謝謝。」美紗紀叮嚀榎田：「這件事別告訴次郎喔。」

「啊，等等。」

美紗紀的手臂突然被抓住。

榎田叫住美紗紀，環住她的背部，湊過臉來。

「妳最好小心一點。這家店其實是──」

現在是晚上九點十分，比約定時間遲了些。全是預料之外的塞車造成的。

次郎把車停在店家的停車場裡，右側是一輛大旅行車，左側是一輛白色轎車。

進入酒吧「Smoking hot」後，次郎環顧店內。出入口有兩個：剛才進來的正門，和吧檯後方的後門。

コ字形吧檯裡有個高大的男人，應該是店長。他頂著光頭，頭上有刺青，正在仔仔細細地擦拭可林杯。

這家店實在稱不上高雅。店裡龍蛇混雜，不光是店員，連客人都流裡流氣的。吧檯座位有兩個男人，雖然沒有坐在一起，但喝的都是綠色標籤的無酒精啤酒；入口附近的包廂座坐著三個人，桌上是三瓶薑汁汽水。深處座位上有一個人——委託人說，他在店裡最深處的座位上等候，所以那個男人應該就是委託人吧。

店裡除了自己以外，共有六個客人。

——奇怪，好像不太對勁。

次郎有股異樣的感覺，卻不明白這股異樣感從何而來。

「您是島田先生吧？」

次郎走向店內深處的座位，對委託人說道。那是個滿臉鬍碴的男人，島田八成是假名。

「對。」委託人點了點頭。「您就是——」

「對，復仇專家。」

「您好。」兩人互相握手。「謝謝您來見我。」

次郎在男人的對面坐下來。

「您想要怎麼報仇？」

次郎切入正題。

委託人緩緩地開口。「事情是這樣的，我養的狗被殺了。」

「……狗？」

「附近的小孩惡作劇，把摻了老鼠藥的麵包丟進我家院子，我的狗吃了那些麵包，死掉了……平時都是我的獨生女在照顧牠，對牠疼愛有加，這件事給她很大的打擊。」

「真可憐。」

「……啊，您該不會不幫動物報仇，只幫人報仇吧？」

「不，不會的。」

委託內容雖然出人意表，但也不算稀奇。不過，次郎總覺得有些不對勁。

「從前您也接過這類委託嗎？」男人問了個怪問題。

「您所謂的『這類』是指什麼？」

次郎不明白對方的意圖，便以問題回答問題。

「幫動物報仇。您接過替貓狗報仇的委託嗎？」

次郎暗自納悶。這個男人為何問起這個問題？

「這個嘛……」次郎含糊其辭。「我有保密義務，不能透露其他客戶的事。」

「——你要是不說，我可就傷腦筋了。」

男人的態度突然變了。隨著充滿威嚇的聲音，一道喀嚓金屬聲傳入耳中——是槍的聲音。男人舉起裝消音器的槍指著次郎。

次郎暗自咂了一下舌頭。難怪他一直覺得不對勁。這個男人果然不是委託人。

「……你敢開槍就開吧。」次郎揚起嘴角，把視線轉向店內。「這裡還有其他客人，店員也在場。你敢在眾目睽睽之下扣下扳機嗎？馬上就會有人報警，你會被警察抓走的。」

然而，對方依舊從容不迫，並說出個中理由。

「這間酒吧是我們組開的，客人全都是我們的弟兄，店長是我們僱用的殺手。」

聞言，次郎恍然大悟。

他終於明白了。原來這就是異樣感的來源。

次郎猛然起身，環顧四周。不知幾時間，其他客人都亮了槍，槍口指著次郎。吧檯裡的店員也瞄準他，次郎可說是四面楚歌。

「坐下。」

次郎只能乖乖照辦。

「……我就覺得奇怪。」次郎舉起雙手，一面坐下一面苦笑。「不會喝酒的人怎麼這麼多？」

次郎抵達時，停車場裡停了兩輛車，店內客人除了自己和委託人以外共有五人，喝的全是無酒精飲料。

來到酒吧卻不喝酒的理由，首先聯想到的就是酒後駕車的問題。然而，停車場裡只有兩輛車。就算其中一輛是員工的，也太不自然了。五個不喝酒的客人全都聚集到同一家酒吧，顯然過於巧合。

換句話說，這是陷阱。

「——好了。」

眼前的男人切入正題。

「老實招來。」他拿出平板電腦，把畫面轉向次郎。「這段影片是你拍的吧？」

那是拷問的影片。

次郎有印象。從前，他曾向殺貓的高中生報仇，並拜託榎田將當時的影片上傳到網站上，用來警告擁有同樣嗜好的宵小。

「不曉得耶。」然而，他不能承認。「這是什麼？」

槍聲響起，眼前的男人扣下扳機。一陣劇痛竄過手臂，鮮血噴濺而出，次郎的身體因為中彈的衝擊，撞上背後的牆壁。

「下次就是另一條手臂了。」

男人面露賊笑。

次郎咬緊嘴唇，瞪著對方，用另一隻手用力摀住傷口止血。

慣用手疼得厲害，但是次郎必須設法突破眼前的困境。他開始思考。身上的武器只有一把護身用的槍，裝滿了子彈。然而，對手是五個持槍的流氓和一個殺手，若是演變成槍戰，情勢對他壓倒性地不利。

他必須設法通知馬場他們，並拖延時間，直到救星趕到。

「哎，你要繼續悶不吭聲也可以。」男人說道：「我就去問你的寶貝小鬼。」

「啥——」

次郎倒抽一口氣。

美紗紀的臉龐立即浮現於腦海中。

——她該不會被這幫人抓住了吧？

見次郎臉色大變，男人面露賊笑：「……哦，原來你有小孩啊。」

——上當了。

對方是在套話。他太大意了，居然被這麼單純的手法給騙了。這正是他失去冷靜的證據，他必須鎮定下來。

「我再問你一次，想清楚再回答。」男人重複問題。「這段影片是你拍的吧？」

次郎不發一語。

店裡瀰漫著令人不快的沉默。

——好了，該怎麼辦？

次郎暗自思索。

剛才，男人提到「我們組」。他們鐵定是黑道，但次郎不明白他們的目的。黑道追查向高中生報仇的犯人做什麼？

見次郎遲遲不回答，男人再也按捺不住，打算開口說話。就在這時候——

店門上的鈴鐺突然叮叮作響，打破沉默。似乎有人來了。在場眾人全都轉過頭，視線往入口集中。

「喂，你不識字啊？」殺手店員率先出聲說道。店門的門把上掛著「close」牌。

「今天已經打烊——」

殺手的表情僵住了。

見到來客的模樣，在場眾人全都啞然無語。

——小丑。

那個男人穿著小丑般的奇裝異服。

頭上戴著紅色圓帽，帽子底下露出灰粉色捲髮。

臉用油彩塗成白色，上頭又用紅色顏料化了妝，但左右臉的表情並不相同，左邊嘴角的口紅是朝上塗，右邊嘴角則是朝下塗，右眼底下畫了滴眼淚，看起來像是左側在笑，但右側在哭。

男人穿的衣服也多處呈現左右不對稱的狀態。他上半身穿著胭脂色的襯衫加背心，背心的左右設計也不相同，右側是全黑的，左側是黑白菱格紋；下半身穿著捲到膝蓋的鮮紅色長褲，長褲底下露出的襪子花紋亦是左右各異，右腳是條紋圖案，左腳是菱格圖案。

他的鼻子上有個小小的紅色假鼻子，脖子上是黑色的蝴蝶領結，腳上穿的鞋子是圓頭小丑鞋，活脫是街頭藝人的舞台裝扮。

見到吹著口哨走進店裡的小丑，次郎和眾流氓都傻了眼，啞然無語。

男人抓著帽簷點頭致意，宛如即將開始表演。

「……這傢伙是怎麼搞的？」

有人忍不住出聲說道。

「好詭異啊。」

「附近在開化裝舞會嗎？」

也有人對這個打扮得怪裡怪氣的男人發出嘲笑聲。

然而，這陣嘲笑在一瞬間凍結了。

「喂！那邊的小丑，快點出——」殺手走向男人，想趕走對方，但他的怒吼聲突然變成呻吟聲。「嗚，呃！」

隨即，殺手噴血倒地。

小丑不知從哪兒拿出刀子，扔了過來。刀子一直線地飛向殺手，貫穿他的喉嚨。

「你、你幹什麼！混小子！」

「宰了他！」

面對不速之客的奇異舉止，眾流氓騷動起來，男人們接二連三地扣下扳機，手上的槍發出爆裂聲。

鉛彈一齊襲向小丑。

小丑輕盈地躲開所有子彈。他踩著跳舞似的步伐，藏身於死角。

子彈在店裡交錯，宛如戰場最前線。次郎鑽進桌子底下，以免受到流彈波及。

他睜大眼睛，窺探戰場的情況。小丑的笑聲混在槍聲中傳過來。

——那個小丑到底是什麼來頭？

然而，現在不是思考這個問題的時候。他必須趁機逃走。

次郎趁著眾流氓的注意力被奇襲吸引時，跨過吧檯，衝出後門。

槍戰一路持續到所有人的子彈全都耗盡為止。

『——這家店其實是牟田川組的幌子公司經營的。』

叫住美紗紀的榎田如此說道。

『這個情報是附贈的，不額外收費。』榎田繼續說道：『有人在地下求職網徵求復仇專家的情報。我調查留言的來源，同樣是來自牟田川組。』

打探復仇專家消息的是牟田川組，委託人指定的見面地點也是牟田川組的店，這應該不是單純的巧合。鐵定是牟田川組的人假扮成委託人，試圖引誘次郎出面。

——如果真是這樣，次郎就有危險了。

美紗紀全力疾奔。

次郎的店就在中洲，所以她對中洲一帶很熟，光聽地址便知道那家店的位置在哪裡。她避開中洲派出所，朝著目的地前進。

酒吧「Smoking hot」——招牌的霓虹燈雖然亮著，門把上卻掛著「close」牌。

突然闖進去不妥，必須先確認店裡的情況才行。美紗紀繞到後側。不知何故，玻璃窗是破的。

美紗紀踮起腳尖，從窗戶窺探店內。

她看到男人的臉。

一張男人的臉映入眼簾。美紗紀險些放聲尖叫，但及時忍住了。

那張臉上下顛倒，瞪得老大且布滿血絲的眼睛上方是嘴巴。男人似乎是倒吊著，而且已經死了。

屍體正凝視著自己。美紗紀邊發抖，邊將視線轉向店內深處。

店裡不見次郎的蹤影。

但是有好幾具吊著的屍體。

除此之外，還有人在。一個身穿紅衣的男人在店裡四處走動。他一面開開心心地吹著口哨，一面把屍體吊起來。

——是這個男人殺的嗎？

下一瞬間，男人回過頭來。

白色的臉孔轉向自己。看見那張詭異的臉，美紗紀險些叫出聲音。她立刻用手摀住嘴巴，緊咬嘴唇。

白色的臉孔確實在看著自己。

美紗紀的心臟猛然一震。

——糟糕，被發現了。

被他察覺了。

必須快點逃走，離開這裡——

心跳越來越快。美紗紀鞭笞動彈不得的身體，轉過身子。

「——嗨。」

突然有人攀談，美紗紀不禁叫出聲來。

那個男人就站在眼前。

心臟再次猛烈跳動。

會被殺掉——美紗紀如此暗想。

美紗紀拔腿就跑，但紅色的手臂伸過來環住她的腰，另一隻手摀住她的嘴巴。她既不能逃走，也無法呼救。

男人吹著口哨，抱起美紗紀。

五局下

「究竟發生了什麼事……」

看見店內的光景，嘉瀨啞然無語。

「……真是慘不忍睹。」

身旁的三条只能如此低聲沉吟。他收到通知後立刻趕過來。酒吧「Smoking hot」店內的慘劇遠遠超乎他的想像。

店裡吊著六具屍體，全都是倒吊著的，雙腳被繩子捆住，繩子的另一頭綁在天花板的柱子上，每具屍體的雙臂都朝著地板無力垂落。

更令人費解的是，屍體的臉上畫了各種記號，完全看不出代表什麼意義。

目前明白的只有一件事：組內五個小弟和組織僱用的殺手死了。三条失去六顆寶貴的棋子。

「石原。」三条呼喚唯一的倖存者，也是這件案子的目擊者石原。「發生了什麼事？」

石原藏身於營業用冰箱裡，因此撿回一條命。三条等人趕到時，他正處於失魂落魄的狀態。

所幸傷勢並不嚴重，石原接受了緊急包紮，但寒意似乎尚未消除。他抱著身體坐著，不知是因為長時間待在冰箱裡，還是因為失血之故，又或許是他嘗到的恐懼滋味造成的吧，他用微微顫抖的嘴唇說：

「……我們開始審問復仇專家的時候，有一個怪人跑來。」

「怪人？」

「是個很詭異的男人，打扮得像小丑一樣滑稽。」石原指著吧檯裡。「卡洛斯去嚇唬他。」

卡洛斯是這間店的酒保，也是組織僱用的殺手，是個委內瑞拉混血兒，現在被倒吊在吧檯內。

「那傢伙扔了把刀子，刺中卡洛斯的喉嚨……所以大家都拔槍——」

「你們交火了？」

店裡的玻璃窗破裂，牆上也有好幾個彈孔。

「與其說是交火，不如說是我們單方面開火。對方沒有槍，只是在店裡靈活地四處逃跑……」

不光是窗戶，吧檯裡的酒瓶和酒杯也都破了。

「等到我們的子彈耗盡以後，他就開始攻擊。」

石原回顧當時的情景，整張臉僵住了。

「一下子扔刀子，一下子用雜耍棒打人……不知道他是不是嗑了藥，但像是嗑嗨了一樣，邊笑邊殺人。」

三条指著倒吊的屍體詢問：

「這也是那個男人幹的？」

「……應該是。他在店裡待了一陣子，不知道在幹什麼。」

那個小丑男吹著口哨在店裡四處走動。

「這種死法……」嘉瀨記起來了，插嘴說道：「和乃萬組的人一樣。」

「乃萬組？你是說真的？」

嘉瀨點頭。「我聽認識的警察說的。乃萬組的人也是被倒吊起來。」

莫非有人委託那個男人襲擊乃萬組和他們？

「那個小丑是殺手嗎？」

「……不曉得。」石原垂下頭來說道，他仍在發抖。「總之是個很詭異，又強得可怕的人。我們的殺手被他輕輕鬆鬆地幹掉了。」

三条嘆一口氣。

「……這下子可麻煩了。」

六局上

來路不明的可怕小丑抓走美紗紀之後，用繩子綁住她的手腳。這八成就是他用來倒吊屍體的那種繩子。

小丑坐進停在店門前的鮮紅色露營車。這輛花俏的車子似乎是他的。他把美紗紀放上副駕駛座，發動車子。

車子行駛片刻，在某處停下來。小丑抱著美紗紀離開駕駛座，移動到露營車後方的居住區。

居住區雖然不大，但不像是車內，倒像是一個房間，是個有點脫離現實的奇妙空間；四方被菱格圖案的壁紙包圍，以黑色與紫色為基本色調的歌德風裝潢淹沒了整個空間。中央是一張精雕細琢的貓腳長桌，相同設計的沙發被鮮豔的黑色皮革包覆，上頭坐著陰森恐怖的娃娃和布偶。梳妝台、凳子、金色雕刻環繞的大鏡子和長毛地毯等美紗紀從未見過的家具並立，讓她有種誤闖另一個國度、另一個世界的感覺。

小丑解開美紗紀手腳上的繩子，用雙手抱起她，將她輕輕地放在沙發上。

美紗紀很害怕。面對眼前這個詭異的小丑男，她當然是滿懷恐懼。在化妝面具的覆蓋下，不知是哭是笑、完全無法捉摸的表情。教人一看便萌生不安的打扮，以及剛才的瘋狂行動。在那家店裡，這個男人玩弄著屍體。他是殺人魔。

——或許自己也會被殺掉。

下巴幾乎快發起抖來，美紗紀連忙咬緊牙關。

她垂下視線，看著地板。地上有隻小布鞋，應該不是這個男人的，那是小學生年紀的男孩鞋子。

「……這隻鞋子是？」

美紗紀指著鞋子問道，小丑一臉開心地回答：「之前來這裡的小男孩的。」

「小男孩？」

這個小丑以前也誘拐過誰嗎？

「那個孩子是誰？在哪裡？」

「他一直哭，很吵。」

根本是雞同鴨講。

「又不乖，所以不要了。」

聞言，美紗紀的背上立刻發涼。

那個小男孩不乖，所以他不要了。

——該不會……被他殺了吧？

美紗紀沒有勇氣詢問。

她換一個方法確認，便是聞氣味。房內沒有異臭。沒有血腥味，也沒有腐臭味。小丑似乎沒把屍體藏在露營車裡。

不過，她不能因此鬆懈，因為她不知道自己什麼時候會被殺掉。

萬一被人綁架時，要先觀察四周——這是次郎教她的。

綁走自己的人是什麼來頭？有何目的？

自己現在身在何處？有路可逃嗎？

先觀察周圍與對方，掌握狀況。如果對方的目的是自己的性命，就算得殺死對方也要逃走；如果不是，就努力爭取時間，等待救援到來——次郎是這麼教她的。

首先，摸清對方的目的。

「……你帶我來這裡做什麼？」

美紗紀一面詢問，一面祈禱對方沒打算殺死自己。

「跟那孩子做朋友。」

小丑露齒而笑，如此回答。

「那孩子？」

「對，那孩子。」

美紗紀仔細觀察這個房間的主人。外表看來大約是二十幾歲，但不知何故，行為舉止像個小孩，語氣也很幼稚。

這個男人有點奇怪，精神狀態大概不太正常。他有心理疾病，最好別刺激他，盡量配合他的要求。這麼一來，或許等他滿意了，就會放自己走。

剛才這個男人說小男孩「一直哭，很吵」，小男孩很可能因此受到傷害。

那麼只要不哭就沒事了。現在最好乖乖聽他的話。

「好吧。」美紗紀點了點頭。「我和那孩子做朋友。」

小丑似乎很滿意這個答案。

他說的「那孩子」究竟是誰？在美紗紀暗自尋思之時——

「現在就讓你們見面。」

小丑閉上眼睛。

下一瞬間，他像斷了線的懸絲木偶般，手腳無力地垂下來。

片刻過後，睜開眼睛的小丑看見美紗紀，大吃一驚。

「妳、妳是誰——」

他的聲音和剛才不同，是小孩的聲音。

美紗紀立刻察覺他的樣子有異。

簡直判若兩人。不，八成真的是兩個人吧。

——難道是雙重人格？

若是如此，就能夠說明他的態度為何急遽變化。剛才那一瞬間，他和內在的另一個人格對調了嗎？

小丑像個小孩，蹲在房間的角落哭泣，縮著身子不斷發抖。

「別打了，好痛。」不久後，他開始抱頭大叫。「別打了，爸爸。」

看見他這副模樣，美紗紀心下一驚。

一模一樣。

——和當年的自己一模一樣。

被次郎收留以後，受虐的記憶依然會不時浮現腦海，似乎是叫做「創傷後壓力症候群」，就連雞毛蒜皮的小事都可能成為回顧的開關。以美紗紀的情況而言，就是香菸。她常因為香菸想起繼父。

某天吃午餐時，突然傳來微小的金屬「喀嚓」聲。這是種熟悉的聲音。

她望向次郎，只見次郎叼著香菸，正要用打火機點火。一明白那是打火機的聲音，腦中便強制切換為過去。

從前的記憶流入腦海。

叼著菸的繼父逼近自己，正要拿菸頭燙自己的背部——

『——美紗紀，沒事的。』

次郎的聲音響起，美紗紀這才回過神來。

『妳爸爸已經不在了。』

美紗紀似乎在無意識間叫了爸爸的名字。不知幾時間，淚水濡濕臉頰。

打火機的聲音使她想起繼父的虐待，次郎馬上就察覺到這一點。

『……妳怕菸嗎？』

美紗紀沉默下來，凝視著次郎，窺探他的臉色。如果不說「沒關係」，或許會惹次郎生氣——她是這麼想的。

美紗紀尚未回答，次郎便點了點頭。

『是啊。身上有那麼多傷痕，當然會怕嘛。』

說著，次郎把剛拆開的香菸扔進垃圾桶裡。

『我本來就打算要戒菸了。』次郎對一臉驚訝的美紗紀微微一笑。『這是個好機會。』

從那一天起，次郎就不再抽菸了。

現在在眼前發抖的男人，就和四歲時的自己一模一樣。

「你不必害怕。」美紗紀靜靜地對他說話，以免嚇著他。就像那天的次郎一樣。

「你爸爸不在這裡。」

聽了美紗紀這句話，他似乎鬆一口氣，接著就昏倒了。

數秒後，男人的眼睛猛然睜開，露出賊笑。

「你們變成朋友了嗎？」

聲音變了。人格似乎再次對調，恢復原狀。

「我想和他交朋友，可是他很害怕，馬上就消失。」

小丑一臉失望地聳了聳肩。「那孩子很膽小。」

美紗紀望著他，注意到一件事。

「你受傷了。」因為小丑身穿紅衣，美紗紀沒看出他的手臂在流血。「我幫你包紮吧。」

「痛死了！」

繃帶一拉緊，次郎便大聲哀號。

「討厭，佐伯，你溫柔一點嘛。」他淚眼汪汪地瞪著身穿白衣的男人。

逃離「Smoking hot」的次郎，飛車來到佐伯的診所，請他治療槍傷。

佐伯替他取出留在體內的子彈，縫合傷口，包紮完畢之後嘆了口氣。

「被六個持槍的流氓包圍，你居然只受了這點傷。」他的聲音顯得難以置信。

「……人家運氣好嘛。」

就連次郎都覺得自己實在是好狗運。

若非那個小丑男闖入，次郎現在大概還在被那幫人審問，鐵定不是一顆子彈就能了事。他的運氣真的很好。次郎坐在床上，吁了口氣。處於興奮狀態的意識終於開始冷靜下來。

這麼一提……次郎想起來了。前往酒吧之前，榎田曾打一通電話給他，不知道有什麼事？次郎拿出手機，打算詢問本人。

電話立即接通了。「喂？榎田嗎？」

『啊，次郎大哥。』

「剛才你要跟我說什麼？」

『說什麼？』

片刻的沉默過後，榎田才出聲說道：

『啊，就是……是這樣的，有個叫做牟田川組的黑道組織好像盯上復仇專家。』

「……你該早點告訴我的。」

『啊，你已經被攻擊了嗎？』榎田在笑。

「糟透了。」次郎聳了聳肩。傷口發疼。

『總之，牟田川組和復仇專家沒什麼關係，八成是和復仇專家有仇的人委託牟田川組做的。』

「我的仇家太多了，說不準。」

『我想也是。』

對自己懷恨在心，而且與黑道有關聯——過去的目標之中多的是這樣的人。

「就只有這件事？沒有其他事瞞著我吧？」

『現在能告訴你的情報只有這個。我會仔細調查牟田川組，如果查到什麼再向你報告。』

「知道了，謝謝。」次郎掛斷電話。

佐伯算準通話結束的時機，對次郎說道：「今天請在這裡休息一晚。」

次郎瞥了鄰床上的藍色塑膠布一眼，皺起眉頭。「討厭，你要我睡在屍體旁邊？」

「長得很帥喔。」佐伯掀起塑膠布，底下是一具年輕男屍。

「哎呀，真的。真希望是在他還活著的時候見到他。」次郎打趣道，搖了搖頭。

「不過，對不起，我今天必須回去。」

他擔心美紗紀。

然而，一站起來，便是一陣天旋地轉，次郎又倒回床上。

「次郎先生，你沒事吧？」佐伯奔向前來。

意識模糊，不知是因為藥物或失血之故，他的身體不聽使喚。

在強烈睡意的侵襲下，次郎閉上眼睛。

六局下

『——不好了，石原大哥。』

在日期剛變的時候，在家療養的石原接到嘉瀨的聯絡。

他吩咐嘉瀨每天早晚兩次去超商買食物給倉庫裡的小孩吃。換句話說，嘉瀨是飼育員，順便探視小孩的情況。

今晚因為那件事而搞得一團亂，延誤了晚餐時間，現在嘉瀨應該在倉庫裡。這個時候接到「不好了」的通知，代表貨品發生問題。石原有種不祥的預感。

「怎麼回事？」

石原低聲詢問，嘉瀨用慌亂的聲音回答：『有一個小鬼死了。』

聞言，石原的腦袋頓時變得一片空白。

「……什麼？」石原皺起眉頭問：「發生什麼事？」

死了？為什麼？

小孩全都用籠子關起來，他們應該都乖乖待在裡頭才對。

——為什麼會死？

石原方寸大亂。

『過敏性休克。』

嘉瀨突然說了句沒頭沒腦的話。

「……啊？」

『那個小鬼好像對甲殼類過敏，八成是早餐的蝦仁美乃滋飯糰害的。』

因為過敏而引發的休克死亡——這是意料之外的事態。

「混蛋！」

石原恨恨說道，敲了桌子一下。

明天就要交易了，怎能在這個關頭告訴對方孩子少一個？該怎麼辦？石原抱頭苦惱。

在他焦急地游移視線之際，放在餐桌上的報紙映入眼簾。那是今天的早報。他瀏覽了一遍以「發現失蹤兒童」為標題的報導。被誘拐的男童已找到並進行安置，警方懷疑犯人可能是患有戀童癖的變態。

石原的腦袋突然浮現一個點子。他心想，現在去誘拐小孩，或許可以把罪推到這個犯人頭上。

「立刻去調貨。」

總之，必須湊齊數目才行。現在沒空選擇手段了。

「幸好現在是放生會的季節，在外頭閒晃的小孩很多。」

放生會是福岡的秋季祭典，神社的參道上擠滿遊客，其中當然不乏小孩的身影。

「明天就去那裡抓小孩。」

開拓販賣人口的通路是三条長年的野心。

這年頭，每個組都為了籌措貢金傷透腦筋，倘若依賴軍火及毒品等既有的買賣，只能和其他黑道組織搶客戶。就這一點而言，販賣人口的市場還有拓展的空間。和海外相比，日本黑社會的人口販賣市占率極低，而且日本小孩有一定的需求，可以賣得好價錢。這是大好商機。

不過，新賣家通常不受歡迎，大家都會避免和沒有實績的組織做生意。三条用盡各種關係，好不容易才和海外的人口販子談成這筆生意。

對方要的是五個小學生。

牟田川組威脅向他們買毒品的兒童養護設施的關係人，弄到四個小孩。不過，用這種手法，只弄到了四個小孩，剩下一個一直沒著落。後來小弟石原利用自己的兒子，又去拐來一個小孩。

接下來，他們要把湊齊的五個小孩走私到韓國。為了達成這個目的，他們需要山崎運輸的力量。

「看來你們也是損失慘重啊。」

三条和山崎邦夫見面，進行定期報告。聽完三条敘述昨晚在「Smoking hot」發生的事之後，山崎露出苦澀的表情。

三条在平時常去的咖啡廳裡喝著綜合咖啡，點了點頭。

「嗯，簡直是災難。」

沒想到會一口氣折損六名手下。

而且這六個人全是參與新事業計畫的成員。

參與人數越少越好——這是山崎的希望，也是三条的方針。扣除三条，新事業的成員只剩下石原與嘉瀨。

「這件事對計畫有影響嗎？」

「貨品的數目已經湊齊，接下來只要用卡車運出倉庫裝船就行了，光靠剩下的人手應該也不成問題吧。」

組裡人手不多，只能靠這些成員完成。

這次的交易若是成功，便能獲取對方的信任，建立與人蛇集團之間的交易管道。到時候，只要能確保小孩的數量，這門生意就可以繼續做下去。關於這方面，三条有一條妙計。

現行法律規定，只要具備特定資格，便能經營住居型的兒童養育事業。即使是一般家庭，也可以收容、安置需要保護的兒童。每收容一個孩子，就能以第二種社會福祉事業的名目，獲得政府約二十萬圓左右的事務費與事業費補助。

只要隱瞞牟田川組的名號達成條件，獲得地方政府認可，開設養育設施，無依無靠的孩子要多少就有多少。

然後，透過山崎運輸將他們自力籌措而來的小孩出口到海外去——這就是三条將來的計畫。

這個計畫進行得很順利——直到昨晚在「Smoking hot」發生慘案為止。

「不過……」三条開口說道：「我打算重新僱用一個殺手。」

「殺手？」

「對。卡洛斯被殺了，我們需要一個能力高強的殺手。乃萬組在進行毒品交易時被殺，同一個凶手現在盯上我們。要是在下次的交易中被他襲擊，計畫可就功虧一簣。」

「原來如此。」山崎似乎明白了。「哎，你們自己看著辦吧。」

他留下這句話之後，便拿著帳單離去。

交易時間就在今晚。

七局上

「——小丑？」

榎田反問，重松一本正經地點頭。

「對，小丑，塗白臉、戴著紅色假鼻子的那種。」

「……你在開玩笑吧？」

先前的倒吊殺人案一直在榎田腦海中縈繞不去。向自己打聽情報的男人究竟是誰？有何目的？為何用那種手法殺人？未知的事向來會激發他的求知欲。

榎田察覺警方掌握了某些情報，便約重松出來見面。約定地點是位於西中洲的明太子料理店，店門口擺放著棒球選手的簽名板。

他們點了兩份特色料理「明太重」。裝在多層食盒裡的米飯與海苔上方，闊氣地鋪滿明太子，可謂絕品。

午餐由榎田請客，以換取重松的情報。據重松所言。警察已經查出凶手是誰，那個凶手打扮得和小丑一樣。榎田原本以為是開玩笑，重松卻是認真的。的確，既然有戴著

仁和加面具的殺手，那麼，就算有打扮成小丑的殺人魔存在，也沒什麼好不可思議。

「有些人稱他為瘋狂小丑，也有人說他是蓋西再世。」

「蓋西？是指約翰·韋恩·蓋西嗎？」

約翰·韋恩·蓋西，俗稱殺手小丑——殺害三十三個九歲至二十歲之間的少年，是美國著名的連續殺人魔。蓋西扮成名為「波格」的小丑，拜訪社福機構從事兒童慈善活動，背地裡卻接二連三地殺害少年。

「對，就是那個蓋西。」重松用筷子夾起明太子，點了點頭。「瘋狂小丑也曾經誘拐過幾個小孩，所以有人謠傳他是喜歡殺人的戀童癖患者。」

小丑，殺人魔，喜歡小孩——原來如此，所以才被稱為「蓋西再世」啊。

「瘋狂小丑打扮成小丑的模樣，是為了吸引小孩的注意嗎？」

「不。」重松搖頭否定榎田的問題。「他是如假包換的小丑。本來是巡迴各地的藝人，和父親一起開露營車在海外巡演，雜耍功夫都是他父親傳授的。他父親年輕時為了學藝遠渡美國，加入了巡迴馬戲團。」

「你還真了解。」

「因為是向了解的人打聽來的。」

榎田還有其他疑問。

「不過，既然知道這麼多，警察怎麼還讓瘋狂小丑逍遙法外？」

重松聳了聳肩說：

「上頭的人希望這麼做，我們也無可奈何。」

「……什麼意思？」

「因為被他盯上的全是最好消失的傢伙。」

確實，瘋狂小丑殺了好幾個黑道成員。

「不過，這次他盯上的是一般市民耶？」

「藍川真理除了家暴問題以外，還逼女兒行竊，如果被逮到，就拿『小孩子不懂事』當藉口。第二個被殺的青山良二是戀童癖，性侵繼子，他的繼子不敢揭發他，過得很痛苦；雖然進行過好幾次口頭輔導和心理諮商，但狀況依然沒有改善。這些都是必須盡早和父母隔離的孩子，但是身為問題根源的父母從中作梗，兒諮一直無法安置孩童。」

「原來如此。」榎田明白其中的意圖了。「趁機解決社會亂源，再把過錯推到瘋子身上？」

故意放任殺人魔在外行凶，等到瘋狂小丑完成他的工作，已經用不著他以後，警方便會將他逮捕歸案。

「不過……」榎田還有一件事不明白。「那個小丑為什麼要殺害黑道分子和家暴加害人呢？是受了誰的委託嗎？」

「不，是出於他自己的意志。」重松說道。「他是殺人犯，並不是殺手。」

「原來他解決社會亂源是種無償服務？真是個閒人啊。」

「他這麼做的原因可以追溯至孩提時代……哎，與其聽我轉述，不如直接去問專家吧。」

說著，重松拿出一張名片。那是在市內醫院工作的精神科醫師的名片。這個男人應該就是重松所說的「了解的人」吧。

「精神科醫師？」

「對。」重松點了點頭。「瘋狂小丑的主治醫師。」

在誘拐犯房裡的沙發上過了一夜，美紗紀一醒來，頭一件事就是慶幸自己能夠平安迎接下一天。至少她現在已多活了一天。

「早安。」

那個小丑站在身旁，上半身打赤膊，頭髮是濕的，似乎剛沖完澡，但臉上仍舊化著小丑妝。

小丑笑嘻嘻地用毛巾擦拭頭髮，塗成鮮紅色的嘴角大大上揚。那是種令人毛骨悚然的笑容。最先映入視野的是這張臉，看來今天又會是不愉快的一天。

「……早安。」美紗紀坐起身子，如此回答。

對於這個詭異的男人，現在美紗紀也稍微習慣了。他的腦袋雖然不正常，但並非完全無法溝通，只要表現出友好的態度，他就會回以同樣的態度——至少目前是如此。

小丑背過身時，露出與結實健美的身軀格格不入的醜陋疤痕。他的背上有好幾道舊傷疤，教人看了於心不忍。

「欸，」美紗紀忍不住詢問：「那些傷是怎麼來的？」

「傷？」小丑一面穿上紅色襯衫一面歪頭納悶。

「背上的。」

美紗紀指著背部，小丑點了點頭。「這是爸爸……」

爸爸——是他父親弄傷的嗎？

「你果然……被虐待過？」

「麥加。」

「麥加？」

小丑指著自己的臉，又重複一次：「麥加。」

「你的名字叫做麥加？」

他點了點頭，往凳子坐下，開口說道：「爸爸老是打那孩子。」

所謂的那孩子，應該就是他的另一個人格吧。昨晚見到的那個膽小孩子。

「所以麥加救那孩子，麥加替那孩子挨打。」

「……你成了他的替身啊。」

美紗紀也有這種經驗。當年被繼父虐待時，美紗紀常會被一種模糊的感覺侵襲，彷彿身在夢中，自己並不是自己一樣。

醫生說這是解離性障礙的一種，每個人都會有這種現象，不要緊。當時如果症狀繼續加劇，或許她也會產生另一個人格吧。

多虧了次郎，和他一起生活以後，美紗紀陷入解離狀態的次數漸漸減少了。

美紗紀有次郎，但麥加沒有任何人陪伴，症狀一路惡化。美紗紀有點同情他。

「麥加，原來你一直一個人努力啊。」

替另一個人格承受虐待，犧牲自己，保護本體。他應該很痛苦吧。

麥加要美紗紀和那孩子做朋友，他認為那孩子想交朋友。

不過，這其實是他自己的願望。

「我覺得真正需要朋友的人是你。」

聞言，他的表情變了，驚訝地睜大眼睛，凝視著美紗紀。

「麥加也想交朋友，妳怎麼知道？」

美紗紀當然知道。

因為她也一樣。

「我當你的朋友。」

和他打好關係，或許他會放自己離開——美紗紀如此盤算，同時對這個境遇與自己相似的男人感到同情。

「妳嗎？」

「我不叫『妳』，叫『美紗紀』。」

「美紗紀。」麥加小聲複述。

「我背上也有傷，是我繼父弄的。和你一樣。」

美紗紀笑道，麥加睜大眼睛。「是嗎？」

「嗯。」美紗紀點頭。「他用菸頭燙我。很燙、很痛……很可怕。」

麥加伸出手來。美紗紀不知道他想做什麼，一瞬間繃緊身子，但他只是將手放到美紗紀的頭上。

「不怕。」

說著，他摸了摸美紗紀的頭。

美紗紀大感意外。

——原來他挺溫柔的嘛。

「……欸，麥加。」他明明有顆溫柔的心……為什麼？「你為什麼要殺人呢？」

✶

重松介紹的男人，是在福岡市內的精神科醫院工作的醫師。

重松似乎事先知會過了，在診療時間過後造訪醫院的榎田，立即被帶往拜訪對象的身邊。

對方在院長室裡等候他。那是個年約五十歲、白髮斑斑的中年男子，很適合穿白衣。

「那孩子的事，我到現在還記得一清二楚。」

榎田在會客用的椅子上坐下來，詢問小丑的事。精神科醫師娓娓道來。

「父親死後，無依無靠的他獲得安置。不過，並不是安置在兒童養護設施，而是安置在情緒障礙兒童的短期治療設施。當時，我就在那個設施裡工作。」

情緒障礙兒童的短期治療設施——這是需要治療心理創傷的兒童入住或定期前去接受治療的設施。

「這代表他的精神有問題？」

榎田直接了當地問，精神科醫師點了點頭。「他患有解離性身分疾患。」

解離性身分疾患就是俗稱的多重人格。

「在我耐心對他進行多次的心理治療以後，終於窺見他內心的陰暗面。他的內心有另一個人格存在。」

「聽說小孩產生另一個人格，是為了保護自己免於受苦的手段？」

「對，沒錯。他長期遭受父親的虐待。」

「父親？就是那個四處巡迴的馬戲團藝人？」重松是這麼說的。

「由於是從事特殊行業，他從小就被父親嚴格訓練，如果學不會，便會受到各種懲罰，例如被鞭打、不准吃飯，甚至還曾在下雪天被脫個精光，扔到露營車外。他的父親常常罵他廢物，總是邊破口大罵『為什麼連這麼簡單的東西都學不會』、『垃圾』、『沒用』，邊逼他學藝。」

除了肢體暴力的身體虐待以外，還有殘害精神的心理虐待。對年幼的孩子而言，這樣的日子等同地獄。

「練習花招的時候如果失敗，父親常會把他倒吊起來做為懲罰。比如拋雜耍棒失敗一次倒吊十分鐘，失敗五次倒吊五十分鐘。」

倒吊──聽到這個字眼，榎田恍然大悟。

小丑犯下的殺人案，屍體全都是倒吊起來的。

「雙腳用繩子捆住，綁在柱子上，手自然下垂？」

「對。有時候是倒吊起來鞭打背部。」

「……原來是這麼一回事。」榎田揚起嘴角。「所以才要倒吊屍體。」

換句話說，那是懲罰，給為非作歹之徒的警告。小丑用父親的方式懲罰了他們。

「某天，他一如平時地受虐時，他的精神終於達到極限，開始強力催眠自己：挨打的不是自己，這不是發生在自己身上的事。結果，他的心中產生一個新的人格。那是他最親近的對象──小丑的人格。」

醫師停頓一會兒，又繼續說道：

「那個人格自稱『麥加』。從此以後，麥加代替他遭受父親虐待。只要父親一開始動粗，主人格就會往裡逃，麥加浮出表面。主人格似乎非常恐懼外界，幾乎都是躲在裡面，久而久之，兩個人格外露的時間長度就逆轉了。身為替代人格的麥加幾乎一整天都在外面。我們安置他的時候，他也說他是『麥加』。」

「原來如此。」

榎田點了點頭，同時明白重松不願自行說明的理由。如此複雜之人的身世不該由一個外行人論述，也不適合當作吃飯時的話題。

「待在設施的期間，麥加總是面帶笑容，時常吹口哨。問他吹的是什麼曲子，他說是歌劇。他父親好像帶他去看過一次歌劇，他總是吹著當時聽見的歌曲。」

對他而言，或許這是與父親之間唯一且無可取代的回憶。

「受虐兒童有時候會突然大鬧，或對其他孩子動粗，不過麥加不同，他總是安靜又乖巧。有時候，他會面帶微笑杵在房間角落，有時候則會當眾表演父親教他的雜耍功夫。大家都喜歡看麥加的雜耍表演。看見同樣受虐的孩子們開懷大笑，麥加也很開心。」

光聽這部分，麥加似乎只是個好青年，完全沒有瘋狂小丑的影子。

「他沒有任何異狀嗎？讓人可以窺見他凶暴性格的徵兆。」

醫師沉默下來，大概是在回顧過往的記憶。

「的確，麥加偶爾會突然暴怒。有一次，有個小孩不聽話，對其他孩子動粗。麥加很生氣，不但毆打那個小孩，還勒住他的脖子。設施職員介入制止的時候，麥加已經冷靜下來，恢復為平時的他。用正面一點的說法，他是個正義感很強的孩子。他常說，他想打造一個所有小孩都能歡笑度日的世界。」

醫師微微地嘆了口氣。

「麥加看起來像是康復了。他在十八歲的時候離開設施。雖然精神年齡很低，但他的智商並不低，是個聰明的孩子，八成是裝成康復的樣子騙過我們這些職員的眼睛。患有解離性身分疾患的孩子成為犯罪者的比例並不高，不過，聽說他殺人的時候，我雖然不敢置信，卻又有種不意外的感覺。」

榎田還有許多疑惑。「為什麼麥加會盯上買賣毒品的人呢？」

瘋狂小丑殺害藥頭與黑道分子的理由依然不明。

「他八成認為這麼做可以達成他的使命吧。」

不過，醫師似乎心裡有數。

「……使命？」

「一般認為精神病殺人魔有幾種類型，有的是為了快感殺人，有的是因為妄想殺人，其中也有人將殺人視為自己的使命。麥加就是這類人。」

聞言，榎田突然想起來了。這麼一提，從前美國發生過警察殺害數名藥頭的案子。

那個警察認為，治安不好的原因是毒品氾濫，所以親手處決藥頭。他深信這是為了城市、為了市民，也是自己身為警察的使命。

麥加也一樣嗎？

「他把杜絕虐待視為自己的使命，而他的父親有毒癮。他大概認為，父親虐待自己是毒品造成的吧。」

「換句話說，他認為消滅世上的所有毒蟲，就能達成自己的使命？」

以殺人動機而言，未免太過純真，也太過純粹。

小丑麥加比任何人都憎恨虐待。他憎恨父母使用蠻橫無情的暴力奪走小孩的笑容。

「不過，當麥加發現並非如此以後，他就改變目標了。」

這件事榎田也很清楚。「他開始殺害虐待孩子的父母。」

「沒錯。虐待會產生連鎖效應。根據統計顯示，受虐的小孩成為父母以後，約有三、四成也會虐待自己的孩子。」

麥加試圖切斷這種連鎖效應，因此向榎田索取情報。

之所以倒吊屍體，是為了施加過去自己所受的懲罰；在臉上塗鴉，則是為了將自己代入被害人。這些脫離常軌的行徑，其實有他自己的一套道理。

前主治醫師的一番話揭開瘋狂小丑的神祕面紗。

「……人家都說父母不能選擇。」離開醫院之後，榎田自言自語著微微地笑了。

「原來那個男人還算好。」

在純白的床上醒來的次郎彈跳起來。他回想起昨天發生的事。佐伯替他包紮後，他便昏睡過去。

「感覺如何？」

佐伯前來探視，次郎連忙詢問：「佐伯，現在幾點？」

「別亂動。」佐伯勸阻正要起身的次郎，瞥了手錶一眼。「現在剛過四點。」

「早上四點？」

「不，下午四點。」

——糟了。

已經過了大半天。就算負傷在身，也不該這樣悠悠哉哉地睡大頭覺。次郎對自己氣惱不已。

「我該回去了！」

他擔心美紗紀。

次郎不顧佐伯的制止，衝出診所。

次郎打電話給美紗紀卻打不通。他有種不祥的預感。

他回到自己居住的公寓，一面警戒一面安靜地打開門。

喵！一道叫聲傳來。

是次郎養的貓，名字叫做克洛馬提。這隻黑貓是因為之前的工作而被次郎家領養。為了養貓，次郎特地搬到可以飼養寵物的公寓。

警戒心強烈的貓毫無防備地現身，代表家裡是安全的。屋內也沒有敵人入侵的跡象。次郎暫且鬆一口氣。

「克洛，我回來了。」

一走進屋裡，克洛便跑到次郎腳邊纏著他。這是牠肚子餓時常見的舉動。

「美紗紀沒餵你吃飯嗎？」

裝飼料的盤子空著。次郎添滿了貓食，克洛立刻開始大快朵頤。

「美紗紀！」

次郎呼喚，但沒有回應。

美紗紀不在。

次郎只在桌上找到一張字條。

『我離家出走了，請別找我。』

白紙上寫著這行字，是美紗紀的字跡。

──離家出走？

「……討厭，不會吧？」次郎大吃一驚，用手掌摀住嘴。

他幾乎快喘不過氣。

次郎立刻查詢美紗紀的ＧＰＳ紀錄。她的手機具有兒童用防護功能，可以隨時從次郎手機上的ＡＰＰ查詢她的所在位置。

根據紀錄顯示，昨晚美紗紀離開公寓以後，前往博多站的筑紫口方向──是馬場的事務所。但她離開事務所以後，紀錄便中斷，似乎是關掉了ＧＰＳ。

粗魯的敲門聲響起。

「……是誰啊？吵死了。」電視的聲音都聽不見了。正在看連續劇的林一臉不快地皺起眉頭。「喂！有人來了。」

「是、是，我這就去開門。」馬場從沙發上起身，打開門。

敲門的是次郎。

「哎呀？次郎，有啥事？」看見他的右臂，馬場瞪大眼睛。「你的手怎麼啦？」

次郎的右臂包著繃帶，並用三角巾固定。

「發生了什麼事？」林也來到門邊。

「出了點狀況。」次郎回答。他似乎在趕時間，聲音聽起來很著急，沒有說明詳情就立刻改變話題。「先別說這個。不好了，美紗紀不見了！」

「咦？美紗紀？」

「剛才我回家一看，沒人在家。我用GPS查詢，紀錄在這附近中斷……」

「總之……」馬場請他入內。「你先進來唄。」

馬場讓次郎在會客用的椅子坐下來後，便將昨天發生的事全盤托出。

「美紗紀昨天的確來過，她說她離家出走了。」

後來她就離開了。馬場打電話給她時，她說她要回家。

然而，美紗紀並未回家，在電話中想必是說謊吧。她沒有回家，而是去了別處，並關掉手機，以免被人找到她的下落。

「原來是這樣啊。傷腦筋。」次郎一臉擔心地皺起眉頭。「希望她沒出事……」

「對不起，次郎。」林說道：「要是我沒說話激她，她就不會離開這裡了。」

聽完林說明昨晚的經過之後——

「……不。」

次郎搖了搖頭。

「是我不好。我不知道那孩子已經煩惱到要離家出走的地步。」

總之，必須先找到美紗紀。那個情報販子或許知道些什麼——馬場如此暗忖，立刻撥打電話。

「……沒人接電話。」

他打了好幾次，榎田都沒有接聽。手機似乎關機。

馬場又聯絡其他豚骨拉麵團的隊員，但沒人知道美紗紀的下落。

「怎麼辦？」

「拜託榎田是最快的方法……」

他沒有接電話，但總不能在聯絡上他之前，都一直在這兒枯等。

「我們去找美紗紀唄。」馬場提議。

這是美紗紀有生以來頭一次遇上知己。雖然或許只是互舔傷口，但是對於美紗紀而言，麥加的存在十分可貴。

和自己擁有同樣經歷的男人，在父親的虐待下長大的男人。對他，美紗紀可以毫無保留地說出所有繼父對自己做過的事，包含她對次郎及醫生說不出口的那件事——繼父有時會撫摸她的身體，並用性器官摩擦她。過去她一直把這件事藏在心裡，現在終於可以對麥加說出來。吐出長年堆藏在心中的一切，讓美紗紀有種如釋重負的感覺。

麥加也對美紗紀吐露了一切，父親的事、虐待的事、賣藝的事、在設施裡生活的事，以及殺人的事。他露出一如平時的詭異笑容，訴說著悲慘的過去。美紗紀察覺麥加即使在悲傷的時候，也依然面帶笑容。

他們聊了好幾個小時，不知不覺間，時間已經來到傍晚。

雖然與麥加相處融洽，但是美紗紀不能永遠待在這個房間裡。次郎一定正在找她。

「麥加。」美紗紀開口說道：「我再不回家，家人會擔心我的。」

「——妳想回家？」

麥加的臉色變了。

「妳想回家？」

他的笑容消失，銳利的視線貫穿美紗紀。

美紗紀不禁發毛。我會被殺掉——她如此暗想。如果現在回答「我想回家」，她說不定再也回不了家。

美紗紀用力搖頭。「不是啦。」

「真的？」

「真的。」不能觸怒麥加。美紗紀擠出笑容，點了點頭。

手機的電力已經耗盡，不能對外求救；門也上鎖，無法自行外出。

不過，或許可以讓麥加開鎖，離開這個房間。

「可是，老是待在這個房間裡好膩喔，我們找別的事情做嘛。」

「別的事？」

對了——美紗紀想到一個主意。「麥加，我們一起去放生會吧。」

總之，只要能夠離開這裡就好。

聽了美紗紀的提議，麥加歪頭納悶。「放生會？」

難道他不知道放生會是什麼？

「是祭典，很熱鬧也很好玩，還有很多攤位。」

聞言，麥加的眼睛閃閃發亮。「好像很好玩。」

——再加把勁。

「我們一起去嘛！麥加。兩個人一起去玩。」

麥加思考片刻——

「嗯，走吧！」

麥加站起來。

美紗紀皺起眉頭說：「……你要穿這樣去嗎？」

次郎曾經說過，放生會是博多的三大祭典之一，目的是愛護生命與感恩秋收。每年九月十二日至十八日期間，筥崎宮的參道上會有許多攤位，從早熱鬧到晚。

兩人坐著麥加的露營車來到箱崎，把車子停在空曠的停車場裡，步行前往會場。隨著會場越來越接近，令人雀躍的文字映入眼簾。烤雞、薯條、熱狗、可麗餅，還有棉花糖、蘋果糖、熟悉的梅枝餅與名產玻璃藝品——博多玻璃吹管。也有外國人在販賣墨西哥捲餅、沙威瑪和土耳其冰淇淋。除了食物以外亦是應有盡有，還可以玩釣金魚、鯉魚、鰻魚和小龍蝦。

「……這就是放生會？」

麥加環顧會場說道。他穿得和平時一樣花俏，但是用面具遮住臉。

「對，很好玩吧？」順利外出，讓美紗紀鬆一口氣。

「很好玩。」麥加點了點頭。他似乎很滿意。

夾在攤位之間的道路筆直延伸。兩人在中途右轉，走了片刻以後，一個陰森森的招牌映入眼簾。是鬼屋。哭哭啼啼的小孩陸陸續續地走出鬼屋出口。

鬼屋——可以利用這個。

「麥加，有鬼屋耶！」

美紗紀指著招牌。

只要和麥加一起進鬼屋並趁暗甩掉他，或許就可以回家——美紗紀的如意算盤是這麼打的。

「欸，我們去玩鬼屋嘛！好像很好玩。」

美紗紀拚命遊說，但麥加怎麼也不肯點頭。「……不要。」

「為什麼？」

「麥加怕鬼。」

麥加看著招牌上面目猙獰的女鬼，不斷發抖。

見狀，美紗紀忍不住說出真心話。「……你比較可怕吧。」

七局下

「嗨，猿仔，你還是一樣閒啊。」

飛鏢酒吧「淑女·瑪丹娜」的地下樓層，猿渡大模大樣地坐在包廂座，有個男人從背後向他打招呼。會叫他「猿仔」的只有那個男人。

「……有何貴幹？巨。」

猿渡回答，依然面向前方，根本用不著回頭確認對方是誰。

新田在他的對面坐下來。

「我幫閒著沒事幹的你找了一件有意思的工作～」

「有意思的工作？」猿渡探出身子。「真的假的？」

「真的、真的。」新田一如平時，露出可疑的笑容。「這次的對手是福岡的殺手，正合你的希望。」

「……福岡的殺手？」某個男人的臉龐浮現於腦海中，猿渡的身子更加往前傾。

「該不會是那個呆瓜臉吧？」

只見新田歪斜嘴唇，露出意味深長的表情。

猿渡立刻搭乘單軌電車前往ＪＲ小倉站，喜孜孜地跳上特快音速號，朝著福岡前進，轉眼間便抵達ＪＲ博多站。

他要在車站附近的咖啡廳和委託人見面。進入指定的小店以後，他喝著可樂，等待委託人到來。

聽說對方是黑道的少頭目，但出現的是個普通男人，比起少頭目，更像是一般企業的課長。

猿渡詢問在對面坐下的男人：「你就是牟田川組的三条？看起來不像黑道哪。」

「大家都這麼說。」對方回以苦笑。

三条用估斤掂兩般的眼神打量猿渡。

「我請熟識的仲介介紹本領最強的殺手給我，而他介紹的是您。」

看來自己的威名也傳到了鄰市，猿渡有些得意。

「他說您在北九州是有名的殺手，本領很強，但是有點難搞。」

看來惡名也傳過去了。

猿渡默默無語，但三条只是微微一笑。

「哎，無所謂，只要工作能夠好好完成，我沒有任何意見。」

「所以咧？要咱殺誰？」

猿渡帶入正題，三条給了個含糊的答案。

「對方究竟是什麼人，我們也不太清楚。」

什麼跟什麼？猿渡皺起眉頭。

「聽部下描述，好像是個打扮得跟小丑一樣的男人。」

「小丑？」一聞言，猿渡咂了下舌頭。「……不是呆瓜臉哪。」

三条說明原委。據他所言，最近接連有黑道組織在交易中遭受攻擊。疑似犯人的小丑裝扮男子，前幾天也襲擊了牟田川組。

牟田川組將在今天深夜進行重大交易，不希望有人妨礙。

「換句話說，要咱當護衛？」

「沒錯。和我們一起去交易，如果那傢伙出現就殺了他。這份工作很簡單吧？」

猿渡哼了一聲。當然簡單，無論對手是誰都沒有差別。

「今晚十點，請到這個地方來。這是我們組的倉庫，我的部下在那裡待命。」

說著，三条將寫有地址的紙條遞給猿渡。

在倉庫和三条的部下一起坐上載運貨品的卡車，之後卡車會開往港口，把貨品裝進走私船的期間，注意有無敵人襲擊，如果敵人來襲便應戰——這就是本次委託的內容。

三条的電話是在嘉瀨的車子抵達箱崎時打來的。

『我安排了殺手，去倉庫和他會合。』三条說道。

「是，遵命。」

『你們那邊的情況如何？』

聽了這個問題，石原心下一驚，冒出冷汗。

「很順利。」

這是謊話。

石原並未向三条報告死了一個小孩的事。屍體已經祕密處理完畢。

「我會再聯絡您。」

石原掛斷三条的電話後下車。他們幸運地發現一處還有一個空車位的投幣式停車場，不過離放生會的會場有段距離。兩人從停車場步行前往會場。

「人很多耶。」

嘉瀨環顧四周說道。

「因為今天是最後一天。」

博多三大祭典之一的放生會，會場筥崎宮的參道上擠滿遊客，點了燈的攤位林立於參道兩側。

平日的白天是老年人居多，小孩很少，而且白天動手太過顯眼，要下手最好選在放學後的傍晚到晚上，也就是現在這個時段——石原是這麼想的。

「找走散的孩子下手，照著我的吩咐去做。」

石原指示，嘉瀨點頭。「我明白了。」

兩人兵分二路，開始物色小孩。

走了片刻，石原發現一個小學低年級左右的男童。他似乎和父母走散，垂著頭邊走邊擦眼淚。

「——喂！」

石原出聲呼喚，小孩停下腳步，仰望石原的臉。

「你媽媽呢？」

小孩搖了搖頭。果然是走散的小孩。

「我陪你一起找吧。」

小孩點了點頭。石原伸出手，小孩輕輕地握住。從旁看來，他們就像一對普通的父子，周圍的人應該不會起疑。

接下來只要把小孩帶到車上，別讓男孩真正的父母發現就行了。

石原在死角用藥迷昏了小孩，抱起軟倒的嬌小身軀。

他扮演抱著累得睡著的兒子的父親回到停車場。為了掩人耳目，半路上他還買了棉花糖。見他右手拿著卡通圖案的水藍色袋子、左手抱著小孩的模樣，任誰都不會認為他是擄童的流氓吧。

回到車邊，石原將男童放進後座，繫上安全帶。他們來到這裡已經過了一個小時。

過一會兒有人打電話來，石原以為是三条，一瞬間膽顫心驚，看了畫面以後才鬆一口氣。是嘉瀨打來的。「幹嘛？」

『您現在在哪裡？』

「車上。」

『咦？』嘉瀨叫道：『已經抓到了嗎？』

「嗯。」

『我會加快動作。』嘉瀨說完掛斷電話。

一小時後，抱著小孩的嘉瀨出現在停車場。

「對不起，我來晚了。」

嘉瀨誘拐的是一個短髮女童。

「我一直找不到落單的小孩。」

石原和剛才一樣，把睡著的小孩放進後座，用安全帶固定。嘉瀨坐進駕駛座，發動車子。

抓到兩個小孩後，這下子小孩一共有六個，達到約定人數了。

然而，不安仍未消除。

石原暗忖，要是又有小孩死掉該怎麼辦？

如果這些孩子裡有人生病，在運送途中死了呢？或是發生什麼意外，導致他們失去商品價值呢？

一開始胡思亂想就沒完沒了，令人不安的想像逐一浮現，侵蝕石原的心。

六個或許不夠，是不是該多準備一點備胎？石原思索著望向窗外。不知幾時間，太陽已經下山，天色完全暗下來。

突然映入眼簾的光景讓他忍不住叫道：

「——喂，停車。」

嘉瀨依言把車停在路肩。

「怎麼了？」

「你看。」石原用下巴指了指窗外。「有個小鬼。」

有個小學生年紀的小女孩獨自走在烏漆抹黑的夜路上，是絕佳的獵物。

「正好。」石原面露賊笑。「把她抓起來。」

「咦？」嘉瀨大吃一驚。「我們不是都抓兩個了嗎？」

「要是又死掉該怎麼辦？數目如果不夠，可就傷腦筋了。」

以防萬一，得多準備一些備胎。

八局上

打靶、九宮格、射箭等遊戲攤位匯聚的遊戲區裡人潮洶湧，正是令人雀躍不已的祭典光景。

「麥加，我們去玩那個嘛。」美紗紀指著角落某個攤位的招牌。

「什麼？」

「射飛鏢。」美紗紀拉著麥加的手臂來到攤位前。「三百分以上就有獎品耶。」

排隊排了好些時候，終於輪到他們。玩一次五百圓，一次可以射五枝飛鏢。錢是麥加付的。

美紗紀拿起飛鏢，扔向靶子，但是沒有射中，甚至該說連邊都沒搆著。

她繼續挑戰，但是全數落空。

「給麥加、給麥加。」

麥加說道，從美紗紀手中搶走最後一枝飛鏢。只見他瞄準目標，熟練地扔出。

飛鏢命中白黑交錯的靶子，正中紅心。分數是五百分。

「小哥，你好厲害啊。」男老闆說道：「挑一個你喜歡的獎品吧。」

美紗紀和麥加在獎品陳列區挑選獎品，有布偶、玩具槍等等，全是小孩喜歡的東西，但是沒有一樣能夠引起美紗紀的興趣。

「這個怎麼樣？」麥加拿起一個小小的斜背包。

「很可愛。」那顯然是女孩子用的商品。「麥加，你用這種包包嗎？」

麥加搖了搖頭。

「來，」他把包包掛在美紗紀纖細的脖子上。「禮物。」

「要送給我？」

「嗯。」

「……謝謝。」美紗紀道謝，麥加露出心滿意足的表情。

兩人離開遊戲區、穿過鳥居，四周變得更加熱鬧，特設舞台前擠滿了人。麥加指著舞台說道：「好像有表演，」

一個穿著花俏舞台裝的男人在舞台上走來走去。

「是魔術師！」麥加興奮地說道。

麥加說他的工作是街頭藝人，或許是因為職業的緣故，一看見這類舞台就會特別興奮。麥加拉著美紗紀的手臂大步往前走。為了近距離觀賞舞台表演，他撥開人潮往前邁進。

放生會期間，這座舞台似乎舉辦了許多活動，有耍猴戲、雜耍、樂團演唱及舞蹈秀等節目，內容五花八門。

現在正好是魔術表演的時間。

麥加來到最前排，雙眼閃閃發亮地凝視著舞台。

「——現在請觀眾朋友來幫忙。」戴著高帽的中年魔術師環顧觀眾。

他的視線停駐在美紗紀身上。

「那邊的小妹妹。」魔術師走下舞台，遞給美紗紀紙筆。「請在這張紙上隨意寫下1到9之間的任何一個數字。」

美紗紀覺得麻煩，並未多想，隨便寫了個「1」。

「妳寫了什麼？」

魔術師詢問，美紗紀將紙轉向對方。

「是『1』。」魔術師環顧觀眾，高聲說道：「其實我早就料到這位小妹妹會寫『1』了。」

說著，魔術師從胸前口袋中拿出撲克牌——是黑桃A。

觀眾席響起如雷的掌聲。

「好厲害，說中了！」身旁的麥加也大吃一驚。「美紗紀，他看穿妳的心！」

「……無聊，走吧。」

美紗紀拉著麥加的衣服，轉身離開舞台周邊的人群。

麥加從美紗紀手中搶過紙筆，仔細端詳。「這是魔法筆？魔法紙？」

「只是普通的筆和普通的紙。」美紗紀微微嘆一口氣。「那是很基本的伎倆。他事先把所有數字的撲克牌分別藏在各個地方，如果我寫的是『2』，他大概就會從另一個口袋拿出撲克牌吧。」

「……什麼嘛。」聽完美紗紀揭露魔術師的手法，麥加大為失望。

「魔術和雜耍不一樣，用的是障眼法和機關。」美紗紀帶著大受打擊的麥加加入參拜的隊伍。「我們來拜拜吧。」

「拜拜？」

「向神明許願。」

過了片刻，輪到他們了。美紗紀把銅板投進香油錢箱中，拍了下手。

——請讓我永遠和次郎在一起。

她閉上眼睛，在心中喃喃說道。

身旁的麥加也依樣畫葫蘆。

馬場等人分頭到公園、圖書館等美紗紀可能會去的地方尋找，但是全數落空。太陽下山了，他們中止搜索，再度回到事務所集合。

此時，馬場的手機響起。

『喂？馬場大哥嗎？』

是榎田的聲音。終於聯絡上他了。

『你好像打了好幾通電話給我。對不起，我在醫院和人見面，所以手機關機。』榎田說道：『怎麼了？有什麼事嗎？』

「美紗紀失蹤了。」

聞言，榎田「啊」了一聲。他似乎知道什麼。

『美紗紀昨天曾來找我，要我告訴她次郎大哥在哪裡。』

「大概幾點？」

『就是我昨天打電話給次郎大哥的時候……大概是九點多吧。』

美紗紀是在昨晚八點半左右來到事務所。她離開這裡以後，似乎直接去找榎田。

「後來美紗紀去哪裡？」

『應該是去找次郎大哥吧……啊，別跟美紗紀講喔。她要我別說出去。』

「總之，你可以立刻幫忙找美紗紀的下落嗎？」

『昨天和她見面時，我偷偷在她的衣服口袋裡放了發訊器。我現在立刻追蹤，待會兒打給你。』

馬場道謝，掛斷電話。

次郎抬起頭來，詢問打完電話的馬場。「榎田怎麼說？」

「昨天美紗紀好像也去找榎田老弟，拜託他調查你在哪裡。」

次郎猛然醒悟。這麼一提，昨晚榎田打過電話給他，問他當時人在哪裡。

「那時候的電話該不會就是──」

「美紗紀叫榎田老弟別說出去。」

「所以他告訴那孩子了？」

馬場點頭。

次郎確認來電紀錄。電話是在九點多打來的，而自己遭到那幫流氓攻擊是在十幾分鐘後。若是美紗紀真的造訪「Smoking hot」，很有可能被捲入事端中。

「她現在在哪裡？」林詢問。

「榎田老弟正在查，我們就等他的消息唄。」

次郎深深地吐了口氣，抱著腦袋。

「就是因為會發生這種事，我才不讓她幫我工作啊……」

「正好相反。」馬場否定。「因為你不讓她幫你工作，才會發生這種事。」

次郎皺起眉頭。「……什麼意思？」

「美紗紀大概是不願意當局外人唄。」

「局外人？」這回輪到林發問。

「那孩子平時就看著地下世界，和我們也有交流，卻無法參與這個圈子，也無法融入普通人的生活。」

無論是次郎和馬場等人居住的「地下世界」，或是學校同學的「地上世界」，都沒有美紗紀的容身之處。

她一直懷抱著疏離感活在狹窄的社會裡，沒有半個知己。

「美紗紀一定是想改變這種狀況。為了有個容身之處，她硬是要跳進這個世界。」

馬場的一番話讓次郎心如刀割。

他一直輕忽美紗紀的反應，以為只是小孩特有的叛逆期，原來那是出於她的焦慮嗎？

次郎一心想著要保護她，讓她遠離危險，卻造成這種結果。

如果早一點察覺她的孤獨、理解她的想法，就不會發生這種事了。

「振作一點，次郎。」馬場拍了拍臉色發青、抱頭苦惱的次郎。「你已經當爸爸了，不振作點怎麼行？」

不知不覺間，太陽下山了。兩人吃著自攤販買來的可麗餅，步向停車場。

這一天很開心，或許是美紗紀有生以來頭一次玩得如此盡興。在異於平日的節慶氣氛影響下，饒是美紗紀也不禁玩瘋了。

「放生會好好玩。」走在身旁的麥加問道：「接下來要去哪裡？」

聞言，美紗紀猛然停下腳步。

她這才發現自己忘記本來的目的。

由於玩得太開心，她居然忘記身旁的男人是個殺人魔、誘拐犯。她是為了逃離這個男人才來到放生會，可是自己不僅沒有逃走，還跟他一起玩。

不光是祭典的影響。這是美紗紀第一次和次郎或博多豚骨拉麵團隊員以外的人出門，感覺就像交到朋友，開拓屬於自己的新世界，讓她非常開心。

這段時光令人依依不捨。對方是個殺人魔，但自己居然還想和他一起出來玩。

不過，該回家了。她必須回到次郎身邊。

來到停車場，美紗紀對著走在前頭的麥加說道：

「……欸，麥加。」

麥加不會危害自己。美紗紀知道他其實是個很善良的人。

所以，只要好好溝通，他一定能夠諒解。

「對不起……我要跟你說再見了。」

「說再見？」正要坐進露營車的麥加歪了歪頭。「為什麼？」

「如果我沒回家，次郎會擔心的。」

「次郎？」

「我的爸爸。」

「爸爸？」

美紗紀連忙補充：「啊，不是，是好的爸爸。」

接著，她走向麥加，緊緊握住他的手。

「如果你把我當朋友，可以答應我的請求嗎？」

美紗紀仰望他的臉龐。

「求求你，麥加。」美紗紀望著他的眼睛，動之以情。「讓我回家。」

麥加沉默了一會兒。

「……以後還可以再見面嗎？」

他小聲問道。

「當然。」美紗紀用力點頭。「一言為定。」

麥加露出落寞的表情，但還是點頭。「……好吧。」

他同意了。美紗紀鬆一口氣。「謝謝你。」

麥加掏出剛才魔術師交給美紗紀的紙筆，在紙上寫了些字，遞給美紗紀。

「給妳。」

上頭是電話號碼，應該是他的聯絡方式。

「這樣就可以再見面了。」

「對啊。我一定會打電話給你。」

彼此約定後，美紗紀把紙條收進麥加送給自己的包包內袋裡。

「再見，麥加，以後再一起玩喔。」美紗紀揮了揮手。

麥加坐進車子裡，從駕駛座探出頭來，揮手道別。「再見，美紗紀。」

露營車駛離。

美紗紀對著逐漸變小的紅色箱子不斷揮手。

和麥加道別以後，美紗紀離開停車場。接著只要搭乘地下鐵就行了。以美紗紀的腳程，不到二十分鐘便能從這裡走到箱崎宮前站。

走了一會兒，有輛車在她的身旁停下來。

「對不起，可以占用妳一點時間嗎？」男人從車窗探出頭來，對美紗紀說道：「我迷路了。」

或許是壞人。美紗紀滿懷戒心地瞪著男人。

她隔著對方的肩膀看見小孩的身影。車子的副駕駛座上，有個小學生年紀的男孩在睡覺，大概是他的兒子吧。

——原來是父子啊。

這個男人好像真的迷路了。美紗紀放鬆戒心，走近一步就在這時候——

後座的車門打開，另一個男人衝出來。

事出突然，美紗紀反應不及。男人撲向大吃一驚、繃緊身子的美紗紀。

「放開我！」

美紗紀大叫。

「安靜點。」

男人架住用力掙扎的美紗紀，並用手摀住她的嘴。

美紗紀發不出聲音。

她拚命抵抗，試圖逃脫。在她掙扎之際，包包從肩膀上滑落。

男人輕輕鬆鬆地抱起美紗紀，將她帶回車上。

次郎等人接到榎田的聯絡。

榎田追蹤美紗紀的行蹤，得知她一直在筥崎宮附近徘徊，現在的位置停留在離筥崎宮有段距離的地點。

次郎等人立刻驅車前往。

「她不在這裡。」

周圍不見美紗紀的身影。

那裡是條小巷，寬度僅可勉強容納一輛車通過，沒有路燈，一片漆黑。由於距離祭典會場有段路程，鮮少有人車經過。

「喂，次郎。」林呼喚：「你看這個。」

他撿起掉在地上的紅色包包，遞給次郎。

次郎沒看過這個包包，不是美紗紀的。然而他檢查包包後發現，裡頭裝著兒童用手機。

「……是美紗紀的手機。」

次郎立刻打電話給榎田。他切換為擴音，好讓馬場和林也能聽見。

「我們沒看到美紗紀，不過，她的手機掉在這裡。」

不只有手機，地上還有吃到一半的可麗餅。不知是不是被踩過，內餡全都跑出來。

他們仔細檢查附近地面，發現紅背蜘蛛模型，是榎田偷偷放在美紗紀身上的發訊器，似乎是不小心從她身上掉下來的。

美紗紀來參加放生會嗎？

而且在這個地方被人綁架了。

「有沒有監視器影像可以看？」林詢問。

『那個地方沒有安裝監視器。』榎田繼續說：『不過那條巷子的兩頭有監視器，或許拍到了犯人。等我一下。』

榎田說道，八成是在操作電腦。

數分鐘後，榎田似乎有所發現。

『美紗紀的位置停止移動的時候，有一輛車開出那條巷子，車牌照得很清楚。』

「車主是誰？」

榎田回答：『一個叫做嘉瀨的男人。』

「他是什麼來頭？」

『牟田川組的成員，只是個小弟。就我的調查，他有前科。』

「牟田川組？」

次郎一陣暈眩。

他和牟田川組不久前才在那家店裡發生過糾紛。當時自己勉強脫身，莫非他們把矛頭轉向美紗紀？

「……是我害的。」

次郎臉色發青，馬場拍了拍他的背鼓勵他，並對榎田問：「那輛車開往哪個方向？」

『我用監視器追蹤，是開往東邊。』

「東邊？」林歪頭納悶。「是那個男人的家？還是組事務所？」

『那個男人的家和事務所都在反方向。』

「那車子是要開到哪……」

『那個方向有牟田川組名下的倉庫。』

「就是那裡吧……」林喃喃說道。

「倉庫的地址是？」

『我現在傳過去。』

電話掛斷了，片刻後收到一封榎田寄來的郵件，信中附上位置資訊。打開一看，有一張標了記號的地圖。

「次郎。」馬場說道：「走唄。」

次郎點了點頭。

「嗯，走吧。」

去救女兒。

美紗紀轉動視線，確認周圍。這是一處寬敞的空間，牆邊堆著許多紙箱，大概是某處的倉庫。

美紗紀抱著膝蓋，縮在狹窄的籠子裡。附近擺著好幾個同樣的大型犬用籠子，與她年齡相仿的男女小學生各自被關在籠子中，有的在哭泣，有的在發抖。他們散發出來的不安、恐懼和寂寞幾乎快感染美紗紀，她連忙搖了搖頭，鼓舞自己。

——我得振作一點才行。

她輕拍臉頰，繃緊神經。

——我和普通小孩不一樣，和這些只會哭泣害怕的孩子不一樣。

——我是復仇專家的女兒。

——這點狀況不算什麼，沒什麼好怕的。

美紗紀如此告訴自己，將意識切換至現狀上。重要的是了解，了解現在的狀況和對方的情報。

美紗紀暗自尋思，這些人的目的是什麼？

她回顧發生在自己身上的事。在放生會的歸途，美紗紀被兩個男人綁架，帶往這座倉庫，並關進籠子裡。

籠子裡有條髒兮兮的毛毯，大概是給他們保暖用的。打算殺小孩的人不會在籠子裡放毛毯，換句話說，他們暫時還可以活命。

美紗紀解開一邊的頭髮，並把髮束從欄杆的縫隙往遠處扔。若是自己出事，至少可以留下曾經來過這裡的證據。

「是，一切都很順利，沒問題。以防萬一，我多準備了一些。」

男人的說話聲傳入耳中，是那個假意向自己問路的男人。他似乎正在講電話。美紗紀豎起耳朵，偷聽通話內容。

「現在已經把貨品移來倉庫，接下來只剩裝車。」

男人掛斷電話。

片刻過後，鐵捲門上升，一輛卡車駛進倉庫，一個年輕男人從駕駛座上探出頭。美紗紀認得他，他就是從後座衝出來抓住美紗紀的男人。

「石原大哥，我向山崎老闆借車子來了。」

「好，開始搬吧。」

「了解。」

美紗紀心想，原來如此。

貨品——男人說到這個字眼時瞥了他們一眼。換句話說，他們就是貨品。

男人的目的是買賣孩童，那輛卡車便是用來運輸的。他們馬上會被那輛車載往其他地方賣掉。

要是被裝進車裡就完蛋了。

兩個男人合力把裝著小孩的籠子放上貨台。一個，兩個，三個，四個——被放上車子的小孩的不安哭泣聲傳入耳中。

快輪到自己了。

沒有時間了。

——總之，必須爭取時間。

美紗紀謹遵次郎的教誨。首先，必須吸引對方的注意力。把對方的注意力轉移到自己身上，能在這個地方多留一秒是一秒。

「欸，叔叔！」

「……幹嘛？」

美紗紀叫道，被稱為石原的男人轉過頭來。

「叔叔，你是黑道嗎？」

「啊？」石原瞪大眼睛。「妳說什麼？」

「你是黑道吧？石原叔叔。」

「妳怎麼知道我的名字──」

「剛才他叫你『石原』啊。」

石原立刻失去興趣，喃喃說道：「這小鬼耳朵真利。」

他一面抽菸，一面背對美紗紀。

「──這是在販賣人口吧？」

只見石原再度回過頭來，身體整個轉向美紗紀，眼睛瞪得老大。

──成功上鉤了。

美紗紀嘴角上揚。

石原臉色大變，教人看了簡直快發笑。

博多豚骨
拉麵團
HAKATA
TONKOTSU
RAMENS

八局下

「——這是在販賣人口吧？」

這句直搗核心的話語，一點也不像是出自於小孩之口。

「……什麼？」

石原驚慌失措。

販賣人口——正是如此。接著要把小孩載往船上，賣給海外客戶。折損的小孩數量已經補齊，計畫應該順利修正了才對。

這是意料之外的事態，知曉組織祕密的小孩正在眼前微笑。石原心中頓時萌生一股焦慮感，變得不安起來。

有哪個環節出錯嗎？

石原回顧過去的行動。不，應該沒有任何問題。

——既然如此，她為什麼知道？這個小鬼是什麼來頭？

意料之外的事態接連發生，讓石原倍感焦躁。

見石原沉默不語，小女孩面露冷笑。「我就知道。」

明明被誘拐卻毫無怯意，這個小孩顯然非比尋常。

「……妳這種小鬼怎麼會知道這件事？」

「你說呢？」

面對石原的問題，小女孩露出不似小孩所有的從容表情。

真是個詭異的小鬼。

人對於未知的事物往往懷有恐懼，而且非得要搞清楚它的真面目才肯罷休。雖然交易時間迫在眉睫，但石原不在乎。他現在滿腦子只想著要揭穿這個小孩的底細。

石原走向小女孩，用力踹了籠子一腳。喀鏘！巨大的金屬聲響徹四周。

「別瞧不起人啊！臭小鬼。」

嘉瀨連忙勸道：「等等，石原大哥，要是傷到貨品該怎麼辦！」

「這丫頭不是貨品。」

石原用低吼般的聲音反駁。

「把這個小鬼留下來。」

「咦！」

「包含備胎在內，已經有六個人了，就算少一個也不成問題吧。」

「哎，話是這麼說沒錯啦……您要帶她去哪裡？」

「這個嘛……」石原暗自尋思。他不想讓上司知道自己出了差錯，所以不能帶她前往牟田川組名下的不動產。「我要帶她去我家。」

即使再怎麼怒罵兒子，被毆打的兒子再怎麼哭喊，都沒有人投訴過。如果是石原家，稍微弄出點聲響也不成問題。

「剩下的交給你。待會兒會有殺手過來，你和他會合以後就把貨載到貨船上。」石原用下巴指了指小孩。「我會讓這個小鬼乖乖招出一切。」

「根本不是呆瓜臉！」

猿渡隔著電話怒吼，新田用裝蒜的聲音回答：『咦～？你在說什麼？』

「對方的殺手！根本不是呆瓜臉！」

三条說是個打扮得像小丑的男人。就算仁和加武士再怎麼喜歡搞怪，也不至於打扮成小丑吧。

『我沒說過對手是仁和加武士啊。』電話彼端傳來新田的笑聲。『是你自己這麼認定的。』

「混蛋！」猿渡啐道，掛斷電話。他恨不得直接把手機摔到地上，又及時打消念頭。他仰望眼前的建築物，把手機收入懷中。

猿渡依照牟田川組的要求，在指定時間來到指定地點。倉庫前停著一輛運輸卡車。

「……終於來啦？」一個年輕男人從駕駛座探出頭來，用拇指指著副駕駛座。「快上車。」

「別命令咱。」猿渡咂了下舌頭。「小心咱宰了你。」

猿渡坐進副駕駛座以後，司機便發動車子。這個年輕男人名叫嘉瀨，是牟田川組的小弟，應該只是個小癟三吧。

「不知道敵人什麼時候會來襲。」明明只是個小癟三，嘉瀨卻對猿渡頤指氣使。

「你可別大意啊，殺手。」

「不是叫你別命令咱嗎？」

猿渡隨口敷衍他一句，繫上安全帶。

九局上

「我要用飆的，安全帶繫好呦。」

次郎如他所言，一路猛踩油門，載著三個男人的迷你廂型車疾馳於夜路上。

「嗚哇！」

車子突然左轉，林忍不住叫出聲來。後座上的林和馬場身體大大地往右傾斜。

「……開得真猛。」身旁的馬場喃喃說道。他把愛用的日本刀當拐杖用，以承受車子的搖晃。

目的地就快到了。僅能勉強容納兩輛車通行的單線道一路通往牟田川組的倉庫。

片刻過後，一棟老舊的四角形建築物映入眼簾——是倉庫。

「卡車過來了。」

停在倉庫前的車子正好發動，朝這個方向開過來。

「抓好了。」

次郎重新握好方向盤，林問道：「喂，你想做什麼——」

「嘴巴閉上，小心咬到舌頭。」

下一瞬間，次郎狠狠轉動方向盤。迷你廂型車打了個轉之後停下來，車身正好堵住道路。

晃動的身體一回到原位，林便把視線移向窗外。卡車正朝著他們一直線駛來。

「糟糕！」

「會撞上——」

林等人繃緊全身，以備即將發生的衝擊。

卡車緊急剎車，尖銳的聲音響徹四周。

幸好卡車並未撞上來，及時剎住，停在與次郎的車子僅有分毫之差的位置。

「……我還以為我死定了。」

馬場吁了口氣。

身旁的林也點頭附和：「壽命都縮短了。」

若是被撞上，可就回天乏術。他們逃也逃不了，只能卡在車子裡。

「美紗紀！」

次郎打開車門大叫。

他衝出駕駛座，林和馬場也隨後下車。

路突然被堵住，原以為司機會破口大罵，誰知等著他們的竟是意想不到的發展。

卡車副駕駛座的車門打開，一個男人從車裡現身。

輕盈著地的男人露出笑容，走向他們。

「──又見面了，呆瓜臉。」

熟悉的聲音。

──是那個殺手。

「呃！」馬場皺起眉頭。

「又是你！」林也皺起眉頭，扯開嗓門罵：「每次都來礙事，你是跟蹤狂啊！」

「啊？你在說什麼哪！」

猿渡不以為然地皺起眉頭。

「你怎麼會在這裡？」馬場右手握著武器，走到林的前方。

猿渡用拇指指著司機說：

「被這些傢伙僱來的。他們說有殺手盯上他們，原來你也參與其中？」

「喂！」卡車司機對悠哉交談的猿渡叫道：「你在幹什麼！還不快點把他們殺了！」

「咱正要動手。」猿渡回瞪男人一眼。「別命令咱。」

接著，他把視線轉過來，舉起忍者刀。

「這小子交給我。」馬場也握緊刀柄，低聲對林他們說：「你們快去救美紗紀。」

「嗯，知道了。」

「你可別被他做掉啊。」

林和次郎把殺手交給馬場應付，衝向駕駛座。林把司機拉下來，從懷中取出刀子抵住他的喉嚨，威脅道：「乖乖照我們說的去做，就饒你一條命。」

「喂，殺手！」男人向猿渡求助，「殺手！快殺了這些傢伙！」

猿渡不耐煩地回過頭來。「啊？咱現在沒空。」

「啊？」見猿渡居然一口拒絕，男人瞪大眼睛。「你別鬧了！要是我被殺掉怎麼辦！」

「那就去死啊。」

任憑男人如何大呼小叫，猿渡完全不在乎，只是目不轉睛地凝視著馬場。

「美紗紀在哪裡？」次郎逼問司機。

「美紗紀？」

「被你們誘拐的孩子！」

次郎用沒受傷的手取出手槍，指著男人。

「我、我不知道。」

突然，卡車裡傳來聲音。是小孩的哭聲。次郎把耳朵貼在車身上，點了點頭說：

「就在裡面。」

貨櫃的門上了鎖。

次郎扣著扳機說：「快打開！」

「怎麼能開！那是重要的貨品——」

槍聲響起。

槍口冒出硝煙。次郎向男人開了槍。

「痛死了，混蛋！」

男人右腳負傷，身體猛烈搖晃。

「下次就是另一隻腳。」

「我開！我開就是了！」

男人死心地舉起雙手，依言打開貨櫃的鎖，拉開雙開門。

卡車裡有六個大型犬用的籠子，裡頭各關著一個小學生年紀的小孩。

「太過分了，居然做這種事……」

看見這幅光景，次郎不禁皺起眉頭。

林看著關在籠子裡的小孩，咂了下舌頭。小孩簡直像是家畜。

「……是買賣人口？」

剛才男人說這是「重要的貨品」，八成是打算賣掉這些小孩吧。

「啊！」裡頭有個眼熟的孩童。「妳不是藍川玲奈嗎？」

被殺的委託人藍川真理的女兒，沒想到居然在這種地方。

「美紗紀！」次郎跳上貨台尋找女兒。「美紗紀，妳在哪裡——」

沒有回應，只有小孩的哭喊聲。

「……不在這裡。」

關在籠子裡的孩童中沒有美紗紀的身影。

「美紗紀在哪裡！」次郎的怒吼聲響徹四周。他再度用槍抵著司機逼問。

「我不知道。」男人搖頭。

不在這裡，莫非是被關在倉庫裡？

「去裡面找找看。」

林和次郎威脅男人交出倉庫便門的鑰匙，進入倉庫。建築物裡鴉雀無聲，沒有人的氣息。

他們呼喚美紗紀的名字，但是沒有回應。

次郎環顧周圍，喃喃說道：「……沒有半個人。」

倉庫裡只有堆積如山的紙箱，內容物是槍和子彈，還有裝在塑膠袋裡的白色粉末與針筒。

他們四處查看。

「這是──」

次郎發現掉在地上的某樣東西。

是髮束。似乎是美紗紀的。

美紗紀確實來過這裡，她還留下自己來過這裡的證據。

兩人走出倉庫。

「美紗紀在哪裡？」次郎再度逼問男人。「她剛才還在這裡吧？」

「……哦！」男人總算想起來了。「那個奇怪的小鬼啊？」

「她在哪裡！」

槍聲再度響起，而且是三發。

面對次郎的威嚇射擊，男人「噫！」了一聲，抱頭蹲下。

再這樣下去，次郎搞不好會殺死對方。林代替失去冷靜的次郎質問：「那個奇怪的小鬼在哪裡？」

「石、石原大哥把她帶走了。」

「石原？」

「組裡的前輩。」

「帶去哪裡？」

「我不知道啦！」男人高聲說道。

林暗想，這個人在說謊。

林用刀子抵住男人的喉嚨問：「他為什麼要帶走美紗紀？」

「那個小鬼好像知道什麼不該知道的事……石原大哥說要讓她招出來。」

次郎與林面面相覷。讓她招出來——難道是打算拷問美紗紀？若是如此，必須快去救她。

「會不會帶去組事務所？」

「不。」林歪了歪頭。「應該不會蠢到把小孩帶進黑道的事務所裡吧。」

「說得也是。」

「再不然就是……帶回家了？」林側眼瞪著男人，仔細觀察他的反應。

聽到林這句話，男人的表情微微地變化。似乎被林說中了。

「那個叫石原的男人住在哪裡？」

次郎逼問，男人搖了搖頭。「我怎麼會知道？」

這次似乎沒有說謊的樣子。

「那傢伙的名字是什麼？」

「博，石原博。」

次郎打電話給榎田請他調查。通話片刻過後，次郎掛斷電話，搖了搖頭。

「他說這個名字很常見，同名同姓的人太多了。我請他從年齡、住址、職業和前科縮小範圍，列出可能和牟田川組有關的人物……」

但還是有十幾個人。人數太多了，他們沒時間一個一個慢慢調查。

「……石原博。」

林喃喃自語。

「石原博？」

他猛然醒悟。

「帶走美紗紀的男人叫做石原博？」

「對啦。」男人冷淡地回答。

石原博——林對這個名字有印象。

『欸，你知道嗎？四〇八號室的石原先生好像是牟田川組的流氓。』

這麼一提，打聽消息的時候，住在那棟公寓的長舌婦曾這麼說過。

「……欸，次郎。」

林暗忖，莫非……

「我可能知道那傢伙住在哪裡。」

挑釁石原使得美紗紀免於被送上卡車，逃過被賣掉的命運，但是，她的處境依然堪憂。石原綁住美紗紀的手腳，將她放進車子之後，便驅車前往某處。

車子抵達一棟老舊的公寓。石原將美紗紀抱在腋下，邊留意周圍邊搭上電梯。他在四樓走出電梯，來到最底端的那一戶。

「……你回來了。」

小孩的聲音傳來。一名少年對著在玄關脫鞋的石原說話。

看見美紗紀，少年瞪大眼睛。「她是誰？」

「別擋路，走開。」

石原一把推開少年，在走廊上前進。

他的目的地是浴室。

石原打開水龍頭，在浴缸裡放水。

「……說話的態度很囂張嘛！」

他粗魯地撕下貼在美紗紀嘴上的膠帶，將她抱起來。

「就算哭了我也不饒妳，臭小鬼。」

下一瞬間，他把美紗紀嬌小的身軀扔進浴缸裡。

水花四濺，衣服逐漸被水浸濕。美紗紀遭冷水包圍，沉入浴缸底部。

她的手腳依然被綁著，動彈不得。

美紗紀掙扎著從水裡探出頭，卻被石原從上方壓住頭。她無法呼吸，水灌入嘴巴和鼻子裡。

好痛苦。

空氣逐漸逃離口中。

好痛苦。

在她自覺已經到了極限時，男人伸出手抓住她的衣襟，將她拉起來。

「咳、咳、嘔！」

美紗紀嗆咳不止，嘔出了水。她一面抖動肩膀喘氣，一面大口呼吸空氣。

「喂，快說！」

男人湊過臉來逼問：

「妳是誰？快點招來！」

男人大聲怒吼，搖晃美紗紀的身體。

「……不要。」

美紗紀絕不會說，她不能說。

——我要保護次郎。

美紗紀瞪著男人，男人勃然大怒，高聲罵道：

「臭小鬼！」

水再度侵襲而來。石原抓著美紗紀的頭，壓入浴缸裡。

好痛苦，又不能呼吸了，鼻子也進水，刺痛的感覺使美紗紀忍不住在水中皺起眉頭。她拚命屏住呼吸，以免空氣流失。

十幾秒後，男人的力量終於減弱。美紗紀被拉起來，接著又被壓入水中。石原一再重複這個動作。

然而，美紗紀不能屈服。無論被如何折磨，她都要忍耐下去。

「咳，哈，哈！」美紗紀一面調整紊亂的呼吸，一面宣告：「……我什麼都不會告訴你。」

男人氣急敗壞，使勁抓住美紗紀的頭，打算再一次壓入水中。這時候——

「——爸爸。」

浴室外傳來略帶顧慮的聲音。是剛才的少年嗎？

石原停下動作，咂了下舌頭。「……幹嘛？」

「好像有人來了。」

門鈴正在響。石原又咂一次舌頭，走出浴室。

腳步聲逐漸遠去。

——趁現在。

剛才美紗紀掙扎的時候繩子鬆了。美紗紀解開手腳的束縛，溜出浴缸。

她必須在那個男人回來之前逃走。

當她來到走廊上——

「只是傳教的，不要為了這種小事來叫我。」男人的聲音逐漸接近。「不管誰來都說我不在。」

——糟糕，他回來了。

待在這裡會被那個男人發現。美紗紀連忙進入眼前的和室，躲進壁櫥裡。

她抱著膝蓋，屏住呼吸。

「——躲在那裡也沒用。」

突然有人隔著紙門說話，美紗紀的肩膀猛然一震。

被發現了——美紗紀繃緊身子。

她完全忘記自己渾身潮濕，只要循著水跡，馬上就知道她躲在哪裡。

「唰」的一聲，壁櫥的門猛然開啟。

「喂！快出來！」

石原大叫，探頭窺視。他伸出手臂，抓住美紗紀的腳踝，粗魯地把她拉出來。和當時一樣。過去的記憶突然甦醒，凶神惡煞的石原與四年前的繼父身影重疊在一起。

在雙重恐懼的侵襲下，美紗紀淚水盈眶，渾身打顫。

她咬緊牙關，強自忍耐。

必須反抗才行。美紗紀鼓舞自己，狠狠朝男人的手臂咬去。她的下巴用力使勁，恨不得把對方的肉咬下來。

「痛死了！混蛋！」石原痛得厲害，大叫：「妳幹什麼！」

他勃然大怒，出手毆打美紗紀。美紗紀的臉挨了一拳，身體整個彈開，倒在榻榻米上。拚死的反擊只是徒勞無功。她用手臂護住頭部，縮起身子，咬緊牙關，以備即將到來的衝擊。

「混蛋！」

石原舉起的拳頭倏地停住。

因為門鈴又響了，似乎有人來訪。即使無人應門，門鈴依舊響個不停。

「……這次又是誰？」石原咂一下舌頭，叫道：「喂！去開門！」

「我這就去。」兒子有氣無力的聲音隨即傳來。

石原把視線移回美紗紀身上。

「……真是的，費了我這麼多功夫。」

他粗魯地抓住美紗紀的頭髮。

美紗紀抬起臉，只見鼻子流出鼻血，大概是被毆打的時候血管破裂。鮮血滴滴答答地流下來，弄髒榻榻米。

「好，快說吧！」石原帶著勝利的表情嗤笑道。用暴力支配小孩，並為此得意洋洋。真是個蠢蛋——美紗紀暗想，這個男人和自己的繼父都是蠢蛋。

——我才不要輸給這種愚蠢的大人。

美紗紀瞪著眼前的男人，開口說道：「……你以為打個幾下我就會怕嗎？」

男人皺起眉頭。「什麼？」

「這根本不算什麼。」

——我不是普通的小孩，才不會因為被打就掉眼淚、變得怯弱。被這種愚蠢的大人威脅，根本沒什麼好怕的。

「因為我的人生經驗很豐富。」美紗紀一面用手背擦拭鼻血，一面歪唇笑道：「從四歲就開始受虐可不是白搭的。」

石原的臉色變了。

「臭小鬼。」他再度舉起手臂。「我要宰了妳——」

林和次郎把現場交給馬場，前往石原家——從前打聽消息的那座公園旁邊的公寓四〇八號室。

雖然已是半夜，他們還是毫不客氣地按下門鈴。沒人應門，他們又連按好幾次。片刻過後出來應門的不是石原，而是一名少年。是石原的兒子嗎？

「晚安，小弟弟。」次郎搶先開口。他不像平時那樣笑容可掬。「你爸爸在家嗎？」

「……不在。」

「只有你一個人在家？」

兒子點了點頭。

「可是裡頭很吵。」林把視線轉向屋內。男人的怒吼聲傳來，嚷嚷著「臭小鬼，我要宰了妳」這類駭人的話語。

「打擾了。」

次郎用不容分說的口吻說道，少年被他的氣勢所懾，讓他們進入屋裡。

兩人朝聲音的方向前進，看見一間和室。

「再囂張啊！我宰了妳！」

裡頭傳來怒吼聲。

打開門一看——美紗紀就在房裡。

簡直是慘不忍睹。美紗紀全身濕漉漉，而且似乎被毆打過，滿臉是血。

男人騎在這樣的美紗紀身上，正要揮拳揍她。

目睹這幅光景的瞬間，次郎彷彿變了個人。

「王八蛋！」怒吼聲響徹四周。「你對我的女兒做什麼！混帳～～～！」

他從三角巾裡抽出慣用手，握住拳頭，高高舉起；左手揪住男人的胸口，受傷的右手狠狠毆打對方的臉。

次郎發出野獸般的咆哮，不斷毆打男人。

皮開肉綻、骨頭移位的鈍滯聲音傳來，男人的臉腫起來，鼻梁也歪了，流下的鼻血弄髒次郎的拳頭。

男人昏了過去。

然而，次郎並未停手。他怒不可遏，發瘋似地繼續毆打男人，而林只是呆若木雞地看著他，被他驚人的魄力震懾住了。

片刻過後，次郎的右臂開始滲出血來。

見狀，林連忙制止次郎。

「……喂，該停手了，你的傷勢會惡化的。」

次郎那副凶狠的模樣，連林看了都不敢靠近。

次郎的傷口早已裂開，只是他過於亢奮，完全不覺得痛。他放開男人，肩膀上下抖動，調整呼吸。

下一瞬間，次郎猛然清醒過來。

「……美紗紀！」

他奔向倒在地上的美紗紀。

美紗紀撲向次郎的懷中。「次郎！」

「啊，對不起，妳很害怕吧？」次郎用力抱住美紗紀。「對不起，讓妳受到驚嚇了，真的很對不起。」

「不要緊……我不要緊。」

美紗紀環住次郎的背，反覆說道。

「我不怕……我一點也不怕……」

我不怕，不要緊——美紗紀嘴上雖然這麼說，卻淚流滿面，不住發抖。

不知道她受到多大的驚嚇？林暗自替美紗紀擔心。雖說相識的時間還不長，但這是林頭一次看見美紗紀這種模樣。她一定受了不少罪。

即使如此，美紗紀依然故作堅強，試圖表現出身為復仇專家之女的風範。這麼做全是為了次郎。

次郎也淚流滿面。美紗紀越是故作堅強，他越是心疼地皺起眉頭。

林在一旁凝視著緊緊相擁的兩人。

——這就是一家人嗎？

他突然如此心想。

美紗紀哭累睡著了，但次郎依然緊緊抱著她。

回到車上，次郎把她嬌小的身軀輕輕放在後座。美紗紀睡得很熟，大概是見到次郎便安了心，鬆懈下來。

林坐進副駕駛座。

「不要緊吧？」他瞥了坐在駕駛座上的次郎一眼。「你的手臂。」

繃帶染成一片通紅。

「嗯。」次郎看著手臂的傷，面露苦笑。「和那孩子遭受的痛苦相比，這根本不算什麼。」

車子慢慢前進。

單手握著方向盤的次郎緩緩開口：

「……我決定了。」

「決定什麼？」

「和這孩子分開。我要把她託付給別人扶養。」

他的聲音帶有堅定的意志。

看來他心意已決，不會改變了。

「是嗎……真遺憾。」

無可奈何，這是次郎深思熟慮過後得到的結論。

再說，見到美紗紀那副模樣，大概也無法繼續把她留在身邊吧。雖然遍體鱗傷，卻故作堅強。即使言行舉止再怎麼成熟，她畢竟只是個小學生，次郎當然不願意再讓她遇上那種事。換作是林，一定也會選擇同樣的道路，將她託付給普通人家扶養。

不過，他們是一家人的事實並不會因此改變。

「……其實你自己也知道啊。」林喃喃說道。

「知道什麼？」

「養孩子的訣竅。」

身旁的次郎倒抽一口氣。

「這傢伙很勇敢、很了不起。」林瞥了後座的美紗紀一眼，視線移向窗外。「不愧是你的女兒。」

「……謝謝。」次郎小聲回答。

車子行進片刻之後——

「對了。」次郎突然想起來。「馬場不要緊吧？」

大概已經分出勝負了。

林的視線依然朝著窗外回答：「哎，那傢伙應該不要緊吧。」

九局下

「喂！」

突然有人說話，猿渡等人停下攻擊。現在打得正起勁，吵什麼吵！猿渡咂了下舌頭。

那個牟田川組的年輕人拖著被射傷的腳走過來。

「你在搞什麼鬼！」

「……啊？」猿渡瞪著男人。

「都是你，害我們的計畫泡湯了！」嘉瀨怒吼，指著馬場。「快點殺了那傢伙！」

「要說幾次你才聽得懂？別命令咱！」

猿渡勃然大怒，當他回過神來時，拳頭已經嵌進嘉瀨的臉。

「呃啊！」嘉瀨慘叫一聲倒在地上，一動也不動，似乎昏倒了。

這下子沒人干擾，可以和這傢伙打個痛快。猿渡盯著眼前的男人，揚起嘴角。

馬場瞥了卡車一眼說：「我擔心小孩的健康狀況，可以先叫救護車麼？」

「隨便你。」

猿渡回答，馬場拿出手機。

「呀，喂？重松大哥麼？我發現一輛載著小孩的卡車，你可以立刻過來麼？呀，還有，順便叫救護車。地點在——」

馬場最後說了句「嗯，拜託你」便掛斷電話，轉向猿渡。

「他說他十分鐘左右就會趕到。」

沒問題。「咱一分鐘就收拾你。」

猿渡再次舉起忍者刀。

好，上吧。

比賽重新開始。

猿渡面露賊笑，挺刀進攻。

雙方迅速拉近距離，刀刃互相撞擊，金屬聲響徹四周。猿渡的身體順勢一轉，格開對手的刀。

對手後退一步，重整陣腳，日本刀直指猿渡，欺身而上。

猿渡從懷中取出手裏劍，迅速扔出。第一枚落空了，但第二枚軌道不差，一直線朝著馬場的臉飛去。

對手用刀鞘打落飛來的黑塊，並把刀鞘扔向猿渡。

猿渡斜身避開刀鞘的瞬間，突然感覺到背後有股氣息靠近。馬場不知幾時間繞到他身後。猿渡身子半轉，刀子揮出，在千鈞一髮之際擋住馬場的刀。

「……厲害。」

「彼此彼此。」

雙方相視而笑，再次拉開距離。

好，接下來要怎麼進攻？

猿渡重新握住刀子，馬場突然開口說道：「哎呀呀？」

他看了手錶一眼，露出挑釁的表情。

「一分鐘已經過了。」

「……囉唆。」

這時候，警車與救護車的警笛聲隱約傳來。已經來了嗎？猿渡咂了下舌頭。聲音越來越接近，不宜久戰。

「用這個一決勝負吧！」

猿渡拿起四方手裏劍，向對手展示。他的忍具都扔完了，只剩下這一枚。

「比數只差一分，九局下，兩出局滿壘，滿球數。」

內外野手都趨前守備。只要打擊出去，就是逆轉比數的再見安打。
「如果三振，就是咱贏；打出安打，就是你贏。」
「行。」馬場也面露賊笑。他雙手握刀，高高舉起，猶如握著球棒一般。「放馬過來唄！」
——一球決勝負。
猿渡做出投球動作。他的腳大大地踏出，身體傾斜，從緊挨著地面的位置扔出黑塊。
這不是直球，而是變化球（伸卡球）。這球要讓對手揮棒落空。
和上次對戰時相同，猿渡扔出的手裏劍在對手的手邊大幅下沉，刺入腳部——這是手裏劍該描繪的軌道。
然而，手裏劍一離手，猿渡便驚覺不對勁。
——馬場的姿勢不一樣。
之前，馬場都是採取身體左側向著投手的姿勢，亦即右打姿勢。
現在馬場卻正好相反，是身體右側向著猿渡。這是左打姿勢。
——他是什麼時候變成左右開弓？
面對驚訝不已的猿渡，馬場揮刀了。他伸長手臂，只用單手揮刀，刀刃勉勉強強地搆著手裏劍。他並沒有猛揮大棒，而是待球深入以後，才瞄準球心出棒。宛若要逃離打者似地變換軌道的手裏劍，就這麼被他撈起來，打了出去。

正好回敬給投手。

被打回來的手裏劍飛向愣在原地的猿渡的臉。猿渡及時動了，但未能完全避開，手裏劍掠過他的臉頰，刺入他背後的卡車車身。

——被打出去了。

猿渡啞然無語。

使盡全力的一球居然被打回來，他完全無法反應。

「好呀！」

馬場微微地握起拳頭。

「是我贏了。」他把刀扛在肩上，露出勝利的表情。

「混蛋。」猿渡小聲嘀咕。

沒想到會被打回來。上次對戰後，馬場顯然擬定了對策。

「同樣的招數不管用啦。」馬場笑道。

「……吵死了。」

警笛聲已經逼近，必須快點離開。

猿渡撿起忍者刀，轉過身說：

「下次咱一定會贏，給咱記住。」

延長賽十局上

距離美紗紀誘拐事件已經過了一個星期。

遭男人毆打臉部而留下的瘀青終於淡去，美紗紀過著一如往常的生活。又或許該說是次郎刻意讓她過著一如往常的生活比較正確。剩下的時間不多了。

次郎被射傷的右臂尚未痊癒，不過三角巾已經可以拿掉。他看了手錶一眼，時間是中午十一點前。

次郎正站在福岡市內的家庭餐廳前。今天他和人約好了在這裡見面。

「——是田中先生嗎？」

對方在約定時間的十分鐘前到來。

「對。」

次郎點了點頭，凝視向他攀談的雙人組。眼前是上班族樣貌的溫文男人與氣質高雅的女人，兩人的年紀都是四十歲出頭。

這兩個人——松島夫妻是美紗紀的養父母候選人。

他們看起來是一對溫暖又溫柔的夫妻，第一印象還不壞。

「走吧。」次郎催促兩人進入店裡。

前幾天的事件過後，次郎委託某家收養仲介機構替他尋找適合美紗紀的新家人。他開出幾個條件，找到的正是兼具這些條件的松島家。

那家仲介機構規定委託人在做出最終決定之前，必須與養父母進行面談，與對方實際會面、談話，判斷對方是否足以託付小孩。今天就是面談的日子。

「歡迎光臨。三位嗎？請問吸不吸菸？」

面對家庭餐廳店員的詢問，夫妻倆都搖了搖頭。

「我也不吸。」

次郎跟著說道。

「那請往禁菸區移步。」

店員帶著三人前往深處的座位。

之前雙方都是透過仲介機構交流，這是次郎頭一次和松島夫妻直接談話。入座之後，次郎向兩人低頭致意。「謝謝兩位今天大老遠專程跑這一趟。」

松島夫婦住在新潟，今天專程為了面談來到福岡。

「哪兒的話。」丈夫立刻搖頭。「這件事對我們來說就像作夢一樣。為了我們將來的孩子，要我們去哪裡都沒問題。」

他這麼說，讓次郎倍感安慰。

「……關於美紗紀，不瞞您說……」

聊了幾句之後，次郎帶入正題。

「她長期間遭受繼父虐待。」

夫妻倆有些吃驚，同情地皺起眉頭。

「她是個心思複雜的孩子，我希望把她託付給願意耐心陪伴她的人。」

「這一點不用擔心。」丈夫說道：「內人有諮商心理師的執照。」

「是嗎？」

次郎裝出驚訝的模樣，但其實松島夫妻的背景，他早已拜託榎田調查過了，把對方的底細摸得一清二楚。妻子幸惠在結婚前曾擔任國中的校內輔導員，一直悉心照顧因為霸凌或家庭問題而受傷的孩子。

根據榎田的調查顯示，松島夫婦和地下社會毫無牽連，是極為普通的家庭。就紀錄上看來，親戚之中沒有可疑的人物，經營的公司也很正派，業績相當穩定。

「一定可以幫助美紗紀的。」

「長年以來，我們一直想要孩子。」妻子開口說道：「可是，我生不出孩子……」

「不是妳的錯。」

丈夫抱著妻子的肩膀，微微一笑。

「我們絕對會讓美紗紀幸福。」

丈夫說道，妻子也用力點頭。「我們保證。」

次郎暗自想像著美紗紀走在這兩人之間的模樣，以及她被這對溫柔夫婦養育成人、幸福生活的未來。

「……謝謝。」

——決定了。

這兩人一定會好好疼惜美紗紀。

——把我的孩子託付給他們吧。

「美紗紀就拜託兩位。」

次郎站起來，深深地低下頭。

延長賽十局下

「……你們太讓我失望了。」

說著，山崎邦夫把一週前的早報摔到桌上。看見「連續兒童誘拐案犯人被捕」的標題，三条皺起眉頭。

報導中出現熟悉的名字——警方逮捕了無業男子嘉瀨勇太。三条等人收買了熟識的警察，把罪全都推到被捕的嘉瀨身上，牟田川組才得以逃過追查。

「你知道我花了多少錢才把這件事擺平嗎？」

被發現的卡車是山崎運輸的所有物，因此邦夫也吃了不少苦頭。平時溫和的他現在的表情活像魔鬼，看來相當生氣。

「很抱歉。」

三条深深地低下頭。

這是最壞的結果。這次失敗帶給牟田川組的損失遠比預料中還大。不光是和人蛇集團交易失敗，連山崎運輸的信任都快要不保。

「好了。」在平時見面的咖啡廳裡，邦夫在三条對面坐下，切入正題。「找我有什麼事？」

「老實說……」

這整個星期，三条都在拚命追查復仇專家的事。

「我查到復仇專家有個女兒。」

「那又怎樣？」

三条對滿臉不快的邦夫提出一個主意：

「把他的女兒交給美榮子小姐處置，您覺得如何？」

要修復和山崎運輸之間產生裂痕的關係，唯有替邦夫的愛女報仇，討邦夫的歡心一途。

「……原來如此。」

邦夫總算感興趣了。

「你想靠這個把這次的失敗一筆勾銷？」

「只是表達我的歉意而已。」

邦夫思考片刻。

「報了仇以後，或許美榮子的心情會好轉一些。」

他點了點頭。

「你要怎麼誘拐他的女兒？」

「不用誘拐，讓復仇專家自己把女兒送上門就好。」

邦夫皺起眉頭。「什麼意思？」

「復仇專家把女兒出養了。」

組內的小弟石原曾見過復仇專家和他的女兒。沒想到偶然誘拐的女童，居然是復仇專家的孩子。

三条立刻對復仇專家的女兒進行調查。據石原所言，她大約是小學二、三年級的年紀。

於是三条僱用好幾個情報販子，調查福岡市內的所有小學。雖然花了不少錢，但總算找到女兒的下落，也查出復仇專家居住的公寓地址。

三条立刻嘗試誘拐，但她的防護相當嚴密。復仇專家似乎因為先前的事而加強警戒，替女兒僱了護衛。女兒上下學時，總是有個壯碩的黑人接送。

三条持續監視復仇專家的行動後，意外得知一件事：復仇專家在和收養仲介機構的人見面，似乎打算讓人領養女兒。三条用錢疏通仲介，請對方安排，讓三条以收養人的身分與復仇專家見面。

聽三条說明來龍去脈之後，邦夫露出苦澀的表情。

「對方很多疑，一定會調查收養人的身分。」

三条當然也明白這一點，而且已做好防範之策。

「我同母異父的兄弟住在新潟，和妻子過兩人生活，沒有小孩，是極為普通的家庭，弟媳從前當過諮商心理師。只要付謝禮，便能借用他們的名字；即使對方進行調查，也不會起疑的。幸好我長得和弟弟很像，就算比對長相也不會穿幫。」

實際上，計畫確實成功了。

他從經營高級俱樂部的熟人旗下僱了個長得和弟媳相像又有氣質的女公關。她的腦筋很靈光，只討論過一次便掌握所有訣竅，假扮妻子的演技也無可挑剔。

復仇專家完全上當了，選擇三条當養父母，明天晚上八點就要將女兒送過來。復仇專家說，他會派代理人前往指定地點。

「能順利成功嗎？」

邦夫一臉訝異地詢問。

「能。」三条用力點頭。他絕對會把這件事辦成。「一定會順利成功。」

延長賽十一局上

離別的時刻接近了。

這是最後一次父女倆一起圍著餐桌用餐。眼前的小女孩毫不知情，一如平時吃著蛋包飯。

「好吃嗎？」

次郎詢問，美紗紀點了點頭。「嗯。」

「是嗎？那就好。」

次郎拄著臉頰，目不轉睛地凝視美紗紀。以後再也看不到這幅光景了，必須趁現在牢牢烙印眼底。

次郎想起從前。美紗紀剛來這裡的時候，根本不肯就座。繼父都是在吃飯時間對她動粗，因此她對晚餐懷有恐懼，不願意坐到餐桌邊。

如今她願意像這樣和自己一起吃飯，次郎已經心滿意足。

美紗紀突然開口說道：「你第一次請我吃的也是蛋包飯。」

「這麼一提還真是這樣耶。」

只不過是家庭餐廳的蛋包飯。次郎面露苦笑。

「當時的蛋包飯也很好吃，不過還是你做的蛋包飯最好吃。」

「是嗎？」次郎微微一笑。「我好高興。」

美紗紀一口接一口把蛋包飯送進嘴裡。

她的動作突然停住了。

美紗紀抬起眼來，凝視著次郎。「……欸，次郎。」

「什麼事？」

「你在哭什麼？」

經她這麼一說，次郎才發現自己在哭。

「……哎呀，討厭。」次郎連忙擦拭眼角。「我是怎麼了？」

美紗紀猛然醒悟。她是個聰明的孩子，大概發現了吧。

「次郎……你對我做了什麼……？」

次郎在果汁裡加了安眠藥。

睡意頓時襲來，美紗紀身子一晃，在餐桌上趴下來，就這麼睡著了。

「……對不起，美紗紀。」

次郎朝著那顆小腦袋伸出手。

「再見。」他溫柔地撫摸並親吻美紗紀的頭髮。「這段日子謝謝妳的陪伴。」

門鈴響起，有客人上門。次郎走向玄關，打開了門。

林站在門外，正好準時。「剩下的就拜託你。」

『我有事要拜託你。』

次郎是在昨晚向林開口的。

『明天晚上要把美紗紀交給養父母，我想請你陪她去。』

次郎表示，他無法親自送走美紗紀。他擔心自己在半路上動搖，沒有自信能將美紗紀送到養父母身邊，所以才把這個重要的任務交給別人。

『你的心情我是懂啦。』受託的林歪頭納悶。『可是，為什麼找我？還有馬場或馬丁他們啊。』

只見次郎面露苦笑。

『他們太寵美紗紀了。』他如此說道。

隔天，林依約來到次郎的公寓接送美紗紀。

他抱著睡著的美紗紀坐進計程車，前往和養父母約好的地點。

下了計程車，林背著美紗紀步向約定的公園。他把美紗紀的嬌小身軀放在長椅上，並在她的身邊坐下來。距離養父母到來還有一段時間。

片刻過後，美紗紀坐起身子。

「妳醒了？」

美紗紀似乎還有些迷迷糊糊的，用無神的雙眼環顧四周。

「……這裡是哪裡？」

剛才她明明在家裡，現在卻在公園的長椅上，可說是一頭霧水。

「次郎拜託我送妳到養父母身邊。」

「……養父母？」

「對。從今天開始，妳就要和新的家人生活。」

聞言，美紗紀臉色大變。

「怎麼會？」她帶著泫然欲泣的表情逼問林。「為什麼——」

「經過這次的事，妳也該明白了吧？我們是活在多麼危險的世界裡。」

她雖然還是小學生，但是腦袋很靈光，聽了林這句話，便明白是怎麼一回事。

「我不要！」美紗紀站起來大叫：「我哪裡都不去！我要和次郎在一起！」

「坐下！」

林厲聲下令，並刻意用帶有殺氣的眼神凝視美紗紀。美紗紀倒抽了一口氣。

「拜託妳，乖乖聽話。我不想來硬的。」

林微微地嘆一口氣，把手放到美紗紀的肩膀上。

她乖乖地往長椅坐下來。

林明白她的心情。這種離別方式，想必她無法接受吧。

林對緊咬嘴唇、忍著眼淚的美沙紀輕聲說道：

「多虧妳和次郎，我明白了一件事。」

「……什麼事？」美紗紀問道，依然垂著頭。

林回想起幾天前發生的事。當時，兩人哭泣相擁的身影，至今仍然強烈地留在林的腦海中。

「就算沒有血緣關係，還是可以成為一家人。」

馬場說得沒錯。林不禁露出苦笑。

再這樣下去，就得和次郎分開了。

必須想個辦法。可是，美紗紀沒有把握能夠甩掉林。

若是逃走，林一定會不擇手段地把自己抓回來，而且他確實做得到，所以次郎才會拜託他。

再說，逃走又有什麼用？

次郎是美紗紀唯一的歸宿，但次郎卻想和她分開。到頭來，她還是會被送到養父母身邊。

美紗紀無計可施，整個人都洩了氣。見她安安分分地坐在長椅上，林點了點頭說「這樣才對」。

「妳的東西在我這兒。」

林遞出美紗紀愛用的紅色包包。那是在放生會上贏來的獎品，美紗紀很喜歡，一直有在使用。裡頭裝著手機和錢包。

美紗紀操作兒童用手機，發現聯絡資訊少了許多筆。

「……沒有大家的電話號碼。」

不光是次郎，馬丁內斯、馬場、榎田——豚骨拉麵團隊員的聯絡方式全都從手機裡消失無蹤，就連簡訊、通話紀錄和拍下的照片也無一倖免。

「次郎刪掉的，大概是認為妳別和地下世界的人有交集比較好。」林回答。

孤獨感頓時襲來。猶如被隔絕於大家所在的世界之外的感覺，讓美紗紀心生一股寒意。

「妳或許會因為次郎遇上危險，相反地，次郎也有可能因為妳被挾持而受到傷害，所以才要這麼做。妳不是傻瓜，應該明白吧？」

美紗紀默默地點頭，垂下頭來。

她明白，那個人是為了自己著想才這麼做。

「妳還是個小鬼，什麼事都做不到。」

雖然不甘心，但是林說得對。

無知又無力，小孩能做的事十分有限。

「不過，哎……從現在開始培養實力就行了，對吧？」

聽到這句意料之外的話語，美紗紀猛然抬起頭，瞪大眼睛望著林的臉龐。

林露出淘氣的笑容。

「給妳。」

說著，林遞給她一張白紙，上頭寫著電話號碼。

「這是次郎的電話號碼。」

美紗紀的眼睛瞪得更大了。「……咦？」

林揚起嘴角。「別跟次郎說喔。」

「為什麼——」

他為什麼這麼做？

美紗紀驚訝不已，林用開導的語氣對她說：

「妳先體驗看看普通的生活吧。搞不好那種生活比較適合妳啊。如果嘗過普通生活的滋味以後，妳還是覺得復仇專家的危險生活比較好，到時候就做好覺悟吧。」

「覺悟？」

「跨越紅線的覺悟。」林繼續說道：「我們這種人永遠無法過幸福的日子，因為我們是犯罪者。」

我們——林是殺手，馬場亦然，源造也是殺手。榎田是情報販子，馬丁內斯是拷問師。

他們都是做出了覺悟而活。

次郎也一樣。

「這次的事讓妳受了不少苦吧？但對我們來說，那是家常便飯。如果妳做好過這種生活的覺悟——」林把視線移向紙條。「就打那個號碼，叫次郎去接妳。」

美紗紀緊緊握住白紙。

「等妳長大了、有能力了，再回來找妳真正的家人。」

在那之前，先暫時說再見。

美紗紀點了點頭，小心翼翼地將寫有電話號碼的紙條收進包包裡。

「好，人已經來了。」林用下巴指了指來者。「那就是妳的養父。」

回頭一看，有個男人走向他們。

「我們就在這裡說再見吧。」

延長賽十一局下

「那個女孩真的會來吧？」

坐在後座的山崎美榮子一面吞雲吐霧一面詢問。

「會。」三条回答，臉孔依然朝著前方，雙手握著方向盤。「今天就要在公園會面。」

「要是她沒來，你知道會有什麼後果吧？」

美榮子把菸頭扔出車窗縫隙，叼起另一根菸。這是第四根了。邦夫說，美榮子自從兒子死了以後，菸酒就用得越來越凶，似乎是真的。

對於女人的蠻橫態度，三条雖然感到煩躁，但還是點了點頭。「當然。」

他們的目的地是約定見面的小公園，那個女孩現在就在那裡等候。

他們來到公園前，三条把車子停在路肩。

「請在這裡稍候。」三条下車，對美榮子說道：「我去接小孩。」

三条走進公園，看見有個年輕女人和小女孩坐在長椅上。那就是復仇專家的代理人和女兒美紗紀。

「晚安。」三条走上前，帶著笑容低頭致意。「我是松島，來接美紗紀的。」

女人從長椅上站起來，回答：「接下來就拜託你。」又把手放在美紗紀頭上，說了句「再見啦」便離去。

美紗紀依依不捨地凝視女人的背影。

「我們走吧。」

三条伸出手來，美紗紀默默地點頭，回握他的手。她看起來似乎有點怕生，但是並未起疑。

三条牽著小女孩的手回到車邊。

美榮子已經下車，等候他們到來。

「妳好，美紗紀。」

她露出虛偽的笑容，在美紗紀面前蹲下來，望著美紗紀的臉龐。

「從今天開始，我們就是妳的家人。」

美榮子擁抱美紗紀，說道：「走吧！」她讓美紗紀坐進後座，替嬌小的身軀繫上安全帶。

三条坐上駕駛座，看了後照鏡一眼，鏡中映出笑著對美紗紀說話的美榮子。她的內心明明充滿恨意，看起來卻像是真的在和自己的小孩說話。女人真可怕──三条如此暗想。

美榮子希望當著復仇專家的面折磨他的女兒。就像自己的兒子那樣。

為了達成這個目的，必須套出復仇專家的聯絡方式，不能讓這個女孩起疑。

──計畫開始進行了。

「對了。」鎖上車門、發動車子以後，美榮子裝出這才想起來的模樣。「我有件事忘記跟妳爸爸說。我想聯絡他，可以把他的電話號碼告訴我嗎？」

美紗紀乖乖地點了頭。

「這個。」她從包包裡拿出一張白色紙條，遞給美榮子。「是爸爸的手機號碼。」

「謝謝。」

美榮子微微一笑，拿出手機，立刻撥打紙條上的手機號碼。

「──喂？」對方似乎接聽了，美榮子的語氣立刻產生一百八十度大轉變。「晚安，復仇專家。」

隔著後照鏡，三条看見美紗紀聞言後立即愣住的模樣。

「你的乖女兒在我手上。我該怎麼對付你的心肝寶貝美紗紀呢？」美榮子歪起嘴唇說道。

復仇專家似乎說不出話來，一直不發一語。

「喂，你在聽嗎？也罷，你現在立刻單獨過來我說的地點，我讓你看一場好戲。」

美榮子說出地址，又叮嚀對方一定要單獨前來。

接著——

「來，讓爸爸聽聽妳的聲音。」

美榮子用手機抵著美紗紀的臉。

「……快來救我。」美紗紀戰戰兢兢地開口說道：「求求你。」

悄然佇立於郊外的廢棄倉庫中，三条等人正嚴陣以待。三条在建築物外頭安排了兩個全副武裝的小弟。

「可恨的小鬼。」美榮子對著坐在椅子上的美紗紀恨恨地說道：「我巴不得快點殺了妳。」

她的右手握著手槍，那是牟田川組的商品。

「妳爸爸奪走我的翔太。」美榮子用槍口抵著美紗紀的臉頰。「我要報仇，我要當著妳爸爸的面折磨妳，拔妳的頭髮、剝妳的皮、割妳的肉……妳應該也想看看爸爸哭著求饒的模樣吧？」

面對放聲大笑的美榮子，美紗紀不發一語。

不愧是復仇專家的女兒，不哭不鬧。美榮子似乎很不高興，心情變得更差。她叼起香菸，點上了火。「真慢，到底在搞什麼鬼？」

片刻過後，車子引擎聲傳入耳中。

「瞧，妳最喜歡的爸爸來了。」

美榮子將視線轉向美紗紀，臉龐倏地僵住。

「……有什麼好笑的？」

——美紗紀在笑。

她瞇著眼睛，肩膀不住抖動。

三条等人面面相覷，皺起眉頭。

「蠢女人。」美紗紀仰望美榮子，露齒而笑。「母子倆都是無藥可救的蠢蛋，果然是有蠢母必有蠢子。」

「妳說什麼！」美榮子的臉龐醜陋地扭曲起來。

此時，傳來男人的哀號聲。

是小弟的聲音。

「妳還沒發現嗎？」美紗紀嘴角上揚。「剛才的電話號碼不是爸爸的。」

剛才的電話號碼——是指遞給美榮子的那張紙條？

「什麼？」三条瞪大眼睛。「那是誰的號碼？」

美紗紀將視線轉向入口。「那個人的。」

倉庫的便門打開。

「啥——」

看見現身的人物，三条啞然失聲。

——是小丑。

他隨即想起石原所說的話。

『是個很詭異的男人，打扮得像小丑一樣滑稽。』

當時在酒吧攻擊卡洛斯他們的鐵定就是這個男人。

小丑抓了一個小弟當人質，用刀子抵著他的脖子。

「嗨，美紗紀，」小丑走向他們。「我來救妳了，」

「站住！」三条叫道。

情急之下，他舉槍指著小丑，威嚇對方別靠近。然而，他不能開槍，因為部下被當成盾牌。

「討厭！」見了這個奇裝異服的詭異男人，美榮子發出尖叫。「這、這傢伙是誰？」

「我的朋友。」

美紗紀回答。

三条知道那不是普通的朋友。這個男人八成就是殺害乃萬組成員的凶手。這個小孩居然和這種殺人魔有關係？

不。三条搖了搖頭。現在這種事不重要，問題是小丑為何在這裡。

「包包裡有兩張寫了電話號碼的紙條。如果你們是真的養父母，我會把真正的聯絡方式交給你們。就和魔術的手法一樣。」

美紗紀像是看穿三条的心思，主動揭曉答案。

美榮子的通話對象不是復仇專家，而是小丑。這代表——

「妳早就發現我們不是養父母？」

美紗紀上車不久，便把聯絡方式交給美榮子。換句話說，當時這個女孩就已經識破他們的真面目嗎？

「當然。」

美紗紀嗤之以鼻。

「為什麼？」三条追問：「妳是怎麼知道的？」

「菸味。」

說著，美紗紀瞪了美榮子一眼。

「妳很臭耶，阿姨。妳的菸癮很重吧？車子裡也是臭氣沖天，所以我才起疑。」

沒錯，美榮子確實一直在抽菸。

「那個人不會挑癮君子當我的養父母。」

聽了美紗紀一番話，三条瞪大眼睛。她明知他們是冒牌貨，卻故意將計就計？

三条咂了下舌頭。他們是設下陷阱的人，誰知竟然被反將一軍，而且是被這樣一個小女孩。

「……麥加，對不起，做這種利用朋友的事。」

美紗紀把視線轉向小丑。

「不過，以後你遇上麻煩的時候，我會幫你的。我一定會替你出力。」

三条望著她的臉龐，啞然無語。

世上竟有這樣的小孩？

眼神如此冰冷的小孩。

「所以，求求你，麥加。」美紗紀說道：「——把這些人全部殺掉。」

被稱為麥加的小丑笑著點了點頭。

「這是朋友的請求。」小丑抓著帽簷，微微點頭致意。「樂意之至。」

小丑隨即展開行動。

他摘下帽子，朝著他們扔過來。瞬間，帽子裡的東西爆炸——是煙霧彈。白煙在四周擴散開來。

視野突然被封鎖，三条只能杵在原地。此時傳來女人的尖叫聲，是美榮子。

混蛋——三条咒罵一句。他朝著後方拔足疾奔，試圖逃離這陣煙霧。

美榮子八成是凶多吉少。

突然有道人影衝入視野，朝著三条而來。

三条立刻舉起手槍，扣下扳機。

男人的叫聲隨著槍聲響徹四周。

——是小弟的聲音。

糟糕——三条倒抽一口氣。不是那傢伙嗎？

不久後，煙霧散去，視野逐漸開闊起來。

小丑和美紗紀都已消失無蹤。

美榮子及小弟躺在倉庫的地板上，兩人都血流如注，已經斷氣。

——天啊！

三条極為焦慮。計畫失敗了。非但如此，連邦夫的寶貝女兒美榮子都死了。一旦知道這件事，邦夫絕不會默不作聲，一定會要他的命。他會被殺掉。

必須快點逃走，逃得遠遠的，逃到山崎運輸的追兵找不到的地方。

三条伸手打開駕駛座的車門，坐進車裡。玻璃窗上映出自己憔悴的面容。

他繫上安全帶，踩下油門。

然而，車子沒有動。

三条猛然醒悟。莫非輪胎被刺破？

他突然察覺到背後有股氣息，瞥了後照鏡一眼，不禁瞪大眼睛。

——那個小丑就在鏡子裡。

那張白臉凝視著三条，面露賊笑。

當三条察覺時，已經太遲了。紅色手臂從後座伸過來，小丑握著刀子，割開三条的喉嚨。鮮血猛烈噴出，擋風玻璃染成鮮紅色。

而那傢伙仍然吹著口哨。

賽後訪談

「……哭啥哭呀？真窩囊。」

源造大大的嘆息聲傳來。

「是你自己決定的呀。」

「……我沒哭。」次郎一面吸鼻子一面反駁。

自己一個人待在家裡倍感寂寞，因此次郎便來到源造的攤位，打算借酒澆愁，卻又無心喝酒。

打從剛才開始，他滿腦子都是美紗紀的事。

源造說得沒錯，他太窩囊了。明明是自己決定的事，卻又這樣哭哭啼啼的。

「……我這麼做是對的吧？」

「你還是捨不得呀？」

「不。」次郎搖了搖頭，反覆說道，像是在說服自己。「我這麼做是對的。」

他沒有做錯。他讓有大好未來的孩子走上正確的道路。

不過，今晚他只想讓心靈沉浸在不習慣的寂寞之中。

源造似乎能夠體會他的心情，把酒杯放在他的眼前。

「來，喝唄。」源造一面倒酒，一面說道：「我請客。」

次郎瞇起眼睛，朝著酒杯伸出手。

「是啊，乾杯。」

——慶祝她展開新的人生。

「乾杯。」

次郎舉起酒杯。這時，電話響了。次郎連忙放下酒杯，拿出手機。「喂？」

『——次郎。』

聽到這個聲音，次郎不禁瞪大眼睛。

——是美紗紀。

不可能。她怎麼會打這個號碼？他已經事先把手機上的聯絡資料全部刪除了。

次郎驚訝得說不出話。

美紗紀則是開口說道：

『來接我。』

次郎掛斷電話，立刻飛車前往美紗紀指定的地點。

她指定的是福岡市郊外的某座廢棄倉庫。倉庫便門前有具男屍，還有個男人死在停著的車子裡。

這裡究竟發生什麼事？

在危機四伏的氣氛中，次郎一面警戒，一面打開便門，發現美紗紀就坐在裡頭的椅子上。

她一看見次郎便立刻站起來。她的腳邊躺著兩具屍體，一男一女。

美紗紀在屍體的環繞下等候次郎。這時候，她原本該和養父母展開新生活了。

到底發生什麼事？

「美紗紀。」

次郎避開地上的積血，奔向自己的孩子。

她的衣服上血跡斑斑，次郎不禁瞪大眼睛。「這是怎麼一回事——」

「我殺了人。」

聞言，次郎更加驚訝。「妳、妳殺了人？」

所以那是別人的血？這些屍體該不會是——

次郎心下一驚，瞥了地板一眼。美紗紀搖了搖頭。

「不是我親手殺的，是我拜託別人殺的。」

接著，美紗紀說明事情的經過。林送她來和養父母見面、養父母是冒牌貨，以及她向人求救的事。

之後，她便打電話給次郎。

「……原來是這樣。」

次郎垂下頭。

居然沒看穿養父母的真面目，他氣惱自己的粗心大意。「我又害妳受苦了。」

還讓她跨越紅線。次郎覺得自己窩囊極了。

「而且害妳殺了人……真是太差勁了。」

「沒這回事，你沒有錯。」

美紗紀搖頭，用堅定的語氣繼續說道：

「是我自己做的選擇。」

她也可以不殺人，但是她選擇殺人。

「如果我不能和你在一起，我就去自首。」

「怎麼可以——」

從那張小嘴中冒出這樣的驚人之語，次郎不禁啞然失聲。

「別擔心，我不會提起你。」

不是這個問題。次郎不是在替自己擔心。

「不、不行啦！」次郎好不容易才說出話來。「不行，我絕不會讓妳這麼做。」

「那你以後也要和我在一起。」

我不能這麼做──美紗紀打斷了正要如此回答的次郎。

「次郎。」美紗紀說道：「我已經做好覺悟了。」

強而有力的視線貫穿次郎，令他險些喘不過氣。

她早已做好覺悟。

沒有覺悟的人是自己──直到現在，次郎才明白這一點。

片刻的沉默過後，次郎擠出聲音說道：

「……是嗎？」

他暗想，自己真是敵不過這孩子，忍不住笑了。

「好，我也做好覺悟了。」

身為父親、身為復仇專家，將她培育成才的覺悟。

「來，回家吧，克洛在等著呢。」

見次郎伸出手，美紗紀露出如釋重負的表情。她用力回握次郎的手，跨過女人的屍體。

走出廢棄倉庫，坐上車子時，美紗紀想起一件事。

「——啊，對了。我跟你說喔，次郎。」

「什麼事？」

「我交到一個朋友。」

「哎呀，真的？」

什麼時候交的？次郎大吃一驚。

「很好啊，下次帶他來家裡玩吧。」

「……嗯。」

美紗紀點頭，露出笑容。

那是耀眼的無邪笑容。

勝利隊伍的教練訪談

雖然職棒例行賽即將告終，但現在這個季節最適合打業餘棒球，正可謂運動之秋。源造坐在休息區，神清氣爽地環顧球場。

休息區前，馬場和美紗紀正在玩傳接球。雖然是拋物線軌道，但美紗紀投出的球不偏不倚地進了馬場的手套裡。

「哦！」馬場發出讚嘆。「妳的資質不錯呀！」

聞言，小學女生露出與年齡相符的笑容。「真的？」

「真的、真的，是王牌級的。齊藤老弟可不能掉以輕心呀。」

美紗紀和其他隊員一樣穿著豚骨拉麵團的制服。他們訂了一套兒童尺寸的。

榎田和次郎在旁邊的休息區裡聊天。

「聽說美紗紀加入少棒隊？」

榎田詢問，次郎點了點頭。

「是啊。一週練習兩次，有時候六日還有比賽，光是接送她就忙不過來了。」

說歸說，次郎顯得很開心。或許是因為想開了，他的表情十分開朗。

「哦？這樣啊。她的守備位置是？」

「現在是外野手。」次郎瞥了美紗紀一眼，面露苦笑：「但她好像想當游擊手。」

「游擊手風頭最健唄。」

源造盤起手臂點頭。他能理解美紗紀嚮往的心情。

此時——

「——什麼？」

在休息區前做柔軟操的林從旁插嘴。

「投那種拋物線球封殺不了任何人啦！」他對著美紗紀叫囂，真是個幼稚的男人。

「妳瞧不起游擊手是吧？」

聽了林的調侃，美紗紀忿忿不平地反駁：「我才沒有。」

「妳當不了游擊手的啦！」

美紗紀揚起嘴角。「總有一天我要把你的先發位置搶過來。」

「哈！」林嗤之以鼻。「我永遠不會把先發位置讓給妳。」

源造看著火花四射的兩人，微微一笑。

過去豚骨拉麵團從來沒有發生過先發位置之爭，或許將來有一天，身為教練的自己必須為了先發名單大傷腦筋。

「真讓人期待呀。」

源造仰望萬里無雲的天空，瞇起眼睛遙想未來。

「……不知道我能不能活到那個時候？」

GAME SET
TONKOTSU
89
TONKOTSU
6
TONKOTSU
5
R

後記

每次都要重申一遍，實在非常惶恐——本作純屬虛構，如有冒犯，敬請見諒。

正式出道和第一集發行彷彿都是不久前的事，誰知一轉眼，本作居然也出到第五集了，令我感慨萬千。

如同第二集走歡樂路線，第三集走嚴肅路線一般，每次寫作，我都會嘗試不同的風格。第四集是網路犯罪的故事，風格較為明快，所以這次我就寫了有點病態陰沉的美紗紀冒險記。雖然弱小卻堅忍不拔——希望讀者會喜歡這樣的美紗紀。

次郎懷抱的問題在第一集裡也略有提及，但是，當時我完全沒有想過會著墨這麼多。雖然焦點比較偏重於美紗紀，不過能透過這樣的形式讓大家見證他們的決斷，讓我非常開心。在這裡，我要向購買拙作、從第一集開始就一路支持我的各位讀者，致上由衷的感謝之意。

今年八月第四集才剛上市，只隔三個月，新作又發行了（註1）。對我而言，這是個人史上最快的寫作步調，也是首次的挑戰。若以棒球比喻，我的心境就和平時都是投一休六，這次卻突然只隔三天就得登板的先發投手一樣。面對異於平時的調度，我的內心慌張失措，幸虧有責編和田編輯與遠藤編輯，還有在百忙之中替我繪製許多美麗插圖的一色箱老師，以及其他眾多人士的幫忙，才能順利將本作呈獻給讀者。真的非常感謝大家。

最後要告訴大家一個好消息，本作的漫畫版已經在月刊《G FANTASY》上開始連載，請各位讀者務必看看。今後也請多多支持《博多豚骨拉麵團》！

木崎ちあき

◉註1：此處是指日文版小說的出版狀況。

參考文獻

歌劇對譯叢書
《馬士康尼　鄉村騎士／萊翁卡瓦洛　丑角》
小瀨村幸子譯　音樂之友社　二〇一一年出版

國家圖書館出版品預行編目資料

博多豚骨拉麵團 / 木崎ちあき作；王靜怡譯. --
初版. -- 臺北市：臺灣角川, 2018.03-
冊； 公分. --（角川輕.文學）

譯自：博多豚骨ラーメンズ
ISBN 978-957-564-115-3(第3冊：平裝). --
ISBN 978-957-564-277-8(第4冊：平裝). --
ISBN 978-957-564-461-1(第5冊：平裝)

861.57 107000885

博多豚骨拉麵團 5

原著名＊博多豚骨ラーメンズ 5

作　　者＊木崎ちあき
插　　畫＊一色 箱
譯　　者＊王靜怡

2018 年 9 月 25 日 初版第 1 刷發行

發 行 人＊岩崎剛人
總 經 理＊楊淑媄
資深總監＊許嘉鴻
總 編 輯＊呂慧君
副 主 編＊溫佩蓉
美術設計＊吳佳昫
印　　務＊李明修（主任）、黎宇凡、潘尚琪

台灣角川

發 行 所＊台灣角川股份有限公司
地　　址＊105 台北市光復北路 11 巷 44 號 5 樓
電　　話＊（02）2747-2433
傳　　真＊（02）2747-2558
網　　址＊http://www.kadokawa.com.tw
劃撥帳戶＊台灣角川股份有限公司
劃撥帳號＊19487412
法律顧問＊有澤法律事務所
製　　版＊尚騰印刷事業有限公司
I S B N＊978-957-564-461-1

香港代理＊香港角川有限公司
地　　址＊香港新界葵涌興芳路 223 號新都會廣場第 2 座 17 樓 1701-02A 室
電　　話＊（852）3653-2888

※ 版權所有，未經許可，不許轉載。
※ 本書如有破損、裝訂錯誤，請持購買憑證回原購買處或連同憑證寄回出版社更換。

HAKATA TONKOTSU RAMENS Vol.5
© CHIAKI KISAKI 2015
First published in Japan in 2015 by KADOKAWA CORPORATION, Tokyo.
Complex Chinese translation rights arranged with KADOKAWA CORPORATION, Tokyo.